史鹏钊

作品

出村庄记

山西出版传媒集团

北岳文艺出版社

BEIYUE LITERATURE & ART PUBLISHING HOUSE

图书在版编目（CIP）数据

出村庄记 / 史鹏钊著. — 太原：北岳文艺出版社，2017.4（2025.4 重印）
ISBN 978 - 7 - 5378 - 5044 - 5

Ⅰ.①出… Ⅱ.①史… Ⅲ.①散文集—中国—当代 Ⅳ.①I267

中国版本图书馆CIP数据核字（2017）第003975号

书名：出村庄记　　　　策　　划：张世景　　　　书籍设计：龙　梅
著者：史鹏钊　　　　　责任编辑：李向丽　　　　印装监制：巩　璠

出版发行：山西出版传媒集团·北岳文艺出版社
地址：山西省太原市并州南路57号　邮编：030012
电话：0351－5628696（太原发行部）　010－57427866（北京发行部）
0351－5628680（总编办公室）　传真：0351－5628680
网址：http://www.bywy.com　E－mail：bywycbs@163.com
经销商：新华书店
印刷装订：三河市天润建兴印务有限公司

开本：880mm×1230mm　1/32
字数：117千字　印张：6
版次：2017年4月第1版
印次：2025年4月第4次印刷
书号：ISBN 978 - 7 - 5378 - 5044 - 5
定价：36.80元

陕西散文人才辈出，史鹏钊是80后的代表之一。他的作品从村庄出发，用质朴和浓郁的情怀，触摸着文学这块温暖的大地，构建着属于自己特有的精神家园，是条好路子。

——贾平凹

序

日暮乡关何处是

王维诗云："君自故乡来，应知故乡事。"史鹏钊先生的《出村庄记》是一部书写大西北乡村民间文化记忆的非虚构作品，也是献给中国数千年农耕文明和古老而朴素的乡村伦理的一支恋曲与挽歌，是一部抒写对自己乡土的痛和哭、爱与知的纪实散文。

没有谁不热爱自己的乡土和家园。俄罗斯农民的儿子、诗人叶赛宁说自己"连故乡的恸哭我都喜爱"；臧克家则称自己"爱农民，连他们身上的疮疤我也爱"；沈从文对自己湘西故乡的一草一木、一牲一畜，都爱到了骨子里，他这样说过："我心中似乎毫无什么渣滓，透明烛照，对河水，对夕阳，对拉䑩人同船，皆那么爱着，十分温暖地爱着。"史鹏钊的故乡在八百里秦川的那棵老槐树下。那是泾河最大的支流红岩河岸边的狭窄川道里，一个被山梁环绕的、名字叫"史家河"的古老村庄。《诗经》中的《国风·豳风·七月》有诗句："九月筑场圃，十月纳禾稼。黍稷重穋，禾麻菽麦。"描写的就是他故乡的先民的耕作生活。遥想远古时代，无论是泾河、红岩河，还是像植物的根须一样延伸在秦川大地上的大大小小的"史家河"，必定也像《国风·秦风》里那首最美丽的抒情诗《蒹葭》里所描写的那样芦花飞舞、山高水长："蒹葭苍苍，白露为霜。所谓伊人，在水一方。溯洄从之，道阻且长。溯游从之，宛在水中央；蒹葭萋萋，白露未晞。所谓伊人，在水之湄。溯洄从之，道阻且跻，溯游从之，宛在水中坻；蒹葭采采，白露未已。所谓伊人，在水之涘。溯洄从之，道阻且右。溯游从之，宛在水中沚。"而一代代健硕、忠诚的秦川儿女，拜这方土地和水的恩赐，在这里垦殖、劳作、繁衍、歌哭，生养于斯，也长眠于斯。就像诗人海子所咏唱的："亚洲铜，亚洲铜，祖父死在这里，父亲死在这里，我也会死在这里，你是唯一的一块埋人的地方。"

作者以平实的语言描绘了史家河的前世今生，向读者展示了古老、神秘而又不断变化的关中人文风情。尤其是真实地写出了这个小村庄及村中的乡亲在当下现实境遇中的困惑、疼痛和矛盾心理。我想，这不仅仅是一个史家河面临的现实困境，而是中国几乎所有的乡村、农民所面临的生死抉择。

水草飘摇、芦花飞舞的自然环境遭遇了空前的毁坏和污染；村溪潺潺，四季分明，"暖暖远人村，依依墟里烟；狗吠深巷里，鸡鸣桑树颠"的田园风光正在消失；数千年来和谐、美好的乡村伦理传统，邻里之间怡怡融洽的自然关系，以及绵延了多少世代的乡风民约、村规族训，正在解体；甚至可以说，传统意义上的村庄已经不复完整了；老一代的乡亲，要么进城了，要么成了留守老人，几乎所有的年轻人都毫不犹豫地拔起了自己的根，离开了自己的乡土，且早已不谙农事，也不屑于农事……鹏钊书中所写的种种真实现状，可谓触目惊心，前所未有。要说乡愁，这应该是我们当下最真实的乡愁；要说愧悔，这应该是我们这代人最沉痛的愧悔。

显然，鹏钊的这本书写的不是单纯和悠荡的乡村牧歌。他是在为自己的故乡留下一份真实和生动的乡土史志，留下一部村庄沧桑史。这书中有他的回忆、他的留恋、他的赞美，也有他的忧思、他的焦虑、他的泪水。他的文字像禾麻菽麦、蒹葭蔓菁的根须，深深地扎入故乡水土之下；他的感情也像游子还乡、牛羊归栏，浸润和融化在对乡土亲情的血肉牵挂之中。他写下的是自己的乡土和人民的命运史传，是乡村风雨志，也是苦难心灵史。从这些坚实、真挚、冷峻的文字里，我们看到了一位散文家、一位乡村文化史的书写者敢于直面现实，不回避矛盾也不粉饰太平的那份勇气与良知。

读他的作品，我有一个强烈的感受：他的故乡应该庆幸，拥有这样一个能够悉心洞察她的历史和命运，感受和发现她的生存之谜、变迁之谜，并且深深地热爱着她，用自己的笔把这一切原原本本地呈现出来的好儿子、好作家。他对自己乡土变迁所带给他的痛苦、迷茫、焦灼与煎熬的隐忍与拥纳，也从另一个侧面让我们看到了一种忠孝两全的家国情怀。

鹏钊是诗人，文字里本来不乏秀润和灵气，但是因为"求是"和"存真"的需要，他这部散文的语言更具质朴、坚实乃至粗粝的风格，其原创性是显而易见的。这是有着关中大地般的质地的文字，即所谓"接地气"的语言。我想，这也应该是所有"非虚构文本"必须遵循的一条原则。

对待传统文化，包括传统的农耕文化、乡村民间文化，我有一个也许并不太合乎时宜的观点：应当采取一点适当的文化保守主义态度。唯其"保守"，才能做到真正的"守望"。陕西与湖北地理毗邻，但是两地风气迥然有异。秦人曾坐拥百二雄关，有"守望"之风；楚人则得九省通衢之利，善于变通。守之太过，变之太速，都不利于文化的绵延。读鹏钊的《出村庄记》，我感到，秦人之"守"，也已不复存在。古老的乡村文化传统，早已经守不住了！

美国老作家约翰·厄普代克先生在他的《旧物余韵》里感慨："在我此生中，我的感官见证了一个这样的世界：分量日益轻薄，滋味愈发寡淡，华而不实，浮而不定，大家都在用膨胀得离谱的货币来交换伪劣得寒碜的商品……"看来，美好的传统文化风气和古老的农业文明时代的出离与消逝，已是全球化的困境了。

"日暮乡关何处是，烟波江上使人愁。"一千多年前诗人崔颢的乡愁，今天又轮到吾辈来咀嚼了。

是为序。

熊召政

2015年4月28日，武昌闲庐

（作者系著名作家、湖北省文联主席，第六届茅盾文学奖获得者）

目 录

地理上的故乡

姐来电说，祖父歇下了。

关中一带把老人去世叫歇下了，歇下了，就是不再操心算计着生活，云游到另外一个世界去了。就在祖父去世的前几天夜晚，家里几个人都梦见祖父去世，大家都穿白戴孝。这是不是一个人生活的祖父，魂灵已经提前离开了人世，并托梦给儿孙，让我们都早早地回故乡呢？在我小时候，有时晚上有一种灰鸟，常落在人家院子的电线杆上，叫声凄凄惨惨戚戚。这是一种什么鸟，它到底长的什么模样，是怎样发出那种听上去让人心里发怵的声音，我至今不得而知。我只知道农村人嫌它叫得晦气。有次家人都躺下睡了，有灰鸟在不远处叫起，母亲就喊父亲，让出去驱赶了去。母亲不给我们孩子说原因，让我们好好地睡觉，她却半夜没有睡着。后来我才知道，这是一种传说中的不祥之鸟，它的叫声，是把人的魂灵带到另一个世界的号角。

祖父81岁寿终。作为家族中最后一位老人，他的去世，结束了祖辈上的一代人的生活。老人的葬礼在故乡是最传统最隆重最具特色的祭奠。我作为长孙，肩上有孙子辈应尽的最大义务。有人说，一辈近，两辈远，三辈已经叫不见。我一直对这句话抱有怀疑。父亲是祖父的儿子，我又继承了父亲的血脉。坐了动车回来，半夜里收拾行囊。第二天一早起来，坐第一趟公交车，从西安的南郊向西郊赶，从城西客运站又沿福银高速向家里去。自从福银高速通车后，彬县至西安仅有一个半小时的车程，可是我总觉得慢。我不知道我的心里在着急什么，甚至心里想着能早点回去，先跪在那里，给祖父烧上几张纸，或者端个盘子，给从墓地里挖坟回来的村上人，送上一碗饭。这虽然不算什么，但是至少是我对别人付出劳动的一种感激。虽然村里人都是这样，有人家里老人去世，村里的男女都会去帮忙，男的挖墓挑水，女的蒸馍帮厨洗碗。当我回去才知道，我多年没有回去过的村庄已基本上是柴草的世界，原本宽平的大路就因为人们都离开了，没有多少人能在上面每天走上几回，柴草趁机就长了出来，长得异常茂盛。时值农历十月一日，柴草虽然都失去了水分，慢慢地干枯了起来，但是草木的个子都在那里，被冬天的风刮得东倒西歪。听村主任说，村里男女老少剩下不到三十人了。我问了一句，现在养牛还有多少。村主任的回答令我吃惊，四头，含一头刚出生的牛犊子。怪不得柴草长得这么丰茂，原来是牛少了，那时候一千多人口的村庄里，家家户户都养牛两头以上。

牛在去河里喝水的路上，牛在拉车的间隙，牛在撒着欢的时候，路边的草常常都被舌头卷入了胃里，然后再反刍。

村里有在县城和西安打工的男人也赶了回来，加入挖墓和挑水的行列。我跪在祖父的灵堂前，从父亲手里接过了几张烧纸，蓝色的火焰在纸盆里噗噗作响，然后三叩头，再起身作揖。有人拿了宽宽的白孝来，在我头上缠了一圈，绾了个结。孝的尾巴直搭到我的腰身下面。向亲属们问好，给守灵和坐在门口椅子上的男人们发烟。除了家人，没有人再认识我。没有人再认识我是谁，也不知道我从哪里来，都用一种猜疑的目光看着我。父亲给人们说，这是他的大儿子龙娃。人们才想了起来。男人们说这是龙娃啊，小时候长得不是这样，现在都认不出来了。女人们说好娃哩，咱姑姑侄儿走在大街上，相互见面碰得栽跟头也认不出来。我突然有一种莫名的忧伤在心里翻腾。是我丢了故乡，是我丢了乡亲。这么多年，我不知道我在城市里都忙了些什么，为了什么而整天活着。走在城里，没有人认识我，心里有话说时甚至在手机的电话簿里找不到一个人可以倾诉和宣泄。回到把我养了十几年的故乡根，却也成了陌生人。这是一种何等的难过和悲哀啊。

祖父躺在棺材里，穿着七层绸缎，身上盖着毛毯，身边放着粮食包，像睡过去了一样。只是他不再做梦，不再为自己的病痛难受，他以死亡的方式解脱了自己。祖父生于1932年3月，民国二十一年。就在他出生的这月，刘志丹带领着陕甘游击队先后三次来到县里，打土豪，分粮食，宣传革命。1953年农业生产合作社开始，祖父家里有了第一个男丁——我的父亲。父亲三十多岁时，祖父失去老伴儿。祖父此刻就躺在棺材里，躺在这个十多年没有人住过的老房子里，来来往往的亲戚和村上的人都进来跪在他的棺材前作揖。这个土木结构的五间大瓦房，在当年是多么的气派，如今看上去是那么破旧。祖父走了，他曾经做饭的老灶台还在套间的房子里，他曾经抽过的烟锅就放在身边，他曾经穿过的黄胶鞋上还粘着胶泥。我想起小时候过年时，去给他磕头拜年，他给我的皱皱巴巴的五角钱。每当过年的那几天，我站在路上爷啊爷啊地喊他来吃团圆饭。而他，现在一个人静静地躺在棺材里，我不知道他在死亡降临时还想说些什么，对自己生活了八十多年的世界还是否留恋。他是曾经的地主老财，到后来却一无所有，他将生活里难以言说的话都带到了另一个世界。姑姑和叔叔们有人气恨有人心痛，作为失去老伴儿多年的人，儿女们是否真正走进了他的内心世界？没有人知道他一辈子的快乐和忧愁。

二

祭奠的日子定在了农历的十月一。奠，是个象形字。上下结构，上面是"酒"，下面是"大"，子孙们用酒和吃食，祭奠着这个"大"字。关中人把父亲叫大，是最好的尊词。唢呐队奏出声声哀乐，灵堂照应的人站在一旁，来人跪拜完，照应的人就喊："孝子磕头答谢哩。"孝子们磕头，起身，再磕头。门口招呼来客的人拖长了声音，喊："看客座。"外面照应的人就接上："棚下座。"掌盘上饭的人们就招呼着来客吃饭。搭了帐篷，盘了灶台，杀猪四头，宰羊一只。晌午是十三个碟子菜，外加吃馍菜四个，一个个地上桌。12点前，招呼来客的吃食是汤泡馍。油汪汪的汤上面漂着鸡蛋饼块和葱花菠菜，鸡蛋饼切成垂直等边的菱形。负责看客的人们招呼着客人吃好。看客的人都是村里邻居，是父亲奔赴一家家磕头报丧请来的，每个人经过执事的人合理安排岗位，完成这一天自己岗位上的活儿。村里每个成年人都给别人家帮过忙，村里的大部分人也曾经或者将要成为孝子。每个人都有自己的老人，再能干的人也不会自己独自将老人一生最后的大事操持完。单位有人来吊唁，从西安驱车数百公里，一路风尘仆仆，顺着福银高速，再沿着高安公路到了村里。我应该是磕头的，但我的肩上还担着从河里洗完的鱼。进灵堂，礼毕。带领导和同事感受冬天里的村风，查看村貌。给他们介绍在村头的那座建于前清时的庙。初冬的村庄，熟透了的柿子挂在枝头，已经没有人再去摘收，成了灰喜鹊们最好的补给品。红岩河水清澈见底，哗哗流淌，水草干枯，曾经的茂盛就在枝干上写着，芦苇摆荡，顺风摇曳，沙沙作响，就是少了来河边喝水的牛群和背着笮篱拾粪的人。

乡村里的葬礼，会随着一代代老人的去世而失去隆重，会随着一代代年轻人的成长而不再记忆。祖父的遗像和祖母的画像端端正正地摆在桌子上。祭奠的日子结束，后半夜是入殓时间。在入殓前，是孝子和各路亲戚烧纸时间。不到十分钟时间，桌前香火旺盛，桌上纸盆里火苗蹿高，哭声悲悲戚戚。这个时候，才能真正感觉到已经失去的亲人离我们是多么的远，他没有最后吃上自己给做的一口饭，没有穿上自己给买的一件衣。人往往就是这样，当老人在世时，总觉得时间还很漫长，不好好地孝顺，不珍惜每次相聚的时光；当亲人离世，方才觉得自己有许多话要说，有许多孝心要尽，涌上心头的无限后悔只能化作泪水，在面颊和心头肆意流淌和蔓延。入殓是我们最后一次再看一眼祖父的时间，多么希望这个时间停滞不前。父亲站在凳子上，把祖父躺着的身子一点点地放平，把身边的烟锅从棺材里取了出来，把祖父口里含的银钱取了出来，用卷纸把身体与棺材之间的空隙插得严严实实。父亲说，你爷爷就和睡着了一样。棺材合上了，且粘了封口。就这样，我再也见不到祖父了，他老人家演绎了八十多年的生活，经历了多少岁月的身子，以合上棺材的那个时刻而悄然无声地谢幕。留给子孙的，只有看着桌前的遗像一点点地回忆和念想。

祭奠的前日，孝子们要去逝去的先人的坟里请灵位。村里人称作请主。家族人多坟大，从十二栓到滩边，从龙眼头到园子，从大洼到小洼，只要是后人们知道的祖先的坟头都要挨着请到。请他们回到家里，让子孙们告诉他们，祖父已经去了和他们一样的世界，祖父还是个新人，许多事情还需要他们照顾、引导。傍晚，请主的队伍归来。孝子们全部身穿白色孝服，扶着枊树枝做成的哭棍，按照辈分两人一排，依次排开。女人们头包白色纱巾，哭成一片。父亲作为长子，走在最前面，母亲作为长媳，由执事的人引着，手持稻草，在唢呐《祭灵》的哀曲中慢慢前行，直到把祖先的灵位都迎回灵堂。我一直认为，这是村庄里最隆重的礼节，祖祖辈辈这样传承了下来，村里人一辈辈地迎送着老人的魂灵，这种具有传统意义的民俗方式，是从多少年前起始，直到村里消失，任何人都不会改变。当一个人从出生的那一刻，哇哇啼哭着来到这个世界，经历一辈子的酸甜苦辣，到老去子孙们悲哭着，以最高的礼节送上最后一程，是一转眼的时光啊。

三

我不知道，父亲是在祖父去世的那个深夜里，给祖父做了一盏挂在坟头上的灯笼，就连白色的蜡烛都稳稳当当地栽好了。村里有个风俗，就是在老人埋葬后的三天里，每天晚上要去坟上点亮灯盏，让逝去的亲人去往另外一个世界的路上不再黑暗。祖父活了一辈子，父亲从来没跟祖父红过一次脸，没说过一句让老人伤心的话。父亲不多言，把祖父的丧事处理得妥妥当当。难道这也是对早年就去世的祖母的一种怀念吗？我从来没有问过父亲。我担心勾起他埋在心底好多年的伤心的回忆，我宁可让父亲的回忆随着时间的消逝，在自己心里化为乌有。祖母去世于三十多年前的一个暴雨夜，那年我不到两岁。祖父去世后，父辈们一致的意见就是给祖母加祭。祖母一辈子生育了八个孩子，家里内内外外处理得妥妥当当，还没享上一天清福就死于非命。那时，祖父一家还在原来的老屋住，祖母是个勤快人，为了半夜里给牛槽添夜草，自己就经常一个人睡在牛窑里。突然夜半暴雨，山洪暴发，造成窑洞坍塌。事情发生后，村里人都跑来相救，用手刨坍塌下来的泥块，也没能救下祖母的命，槽里的牲口也同时死亡。

查《彬县志》，有这样的记载：

1980年8、9月，连降小到大雨24天，雨量多达356.9毫米，因灾死亡14人、伤14人，塌死牲畜231头，损失粮食4.5万斤，6482亩秋粮无收成，损坏水利设施92处，16个公社的有线广播线倒断。

1981年8、9月连阴雨，倒房2245间、塌窑3269孔，塌死24人、伤14人，毁粮5万余斤。

1983年春阴雨低温，40.16万亩小麦有12.5万亩倒伏。8月又秋雨不断，塌窑5585孔，塌死45人、伤45人，塌死大家畜54头，损失粮食17.98万斤。

我生于1980年12月29日，农历除夕。我的祖母还偷偷地拿着半尺红布跑到家里来，她有了第一个孙子，高兴得合不拢嘴。可就在我一两岁时，她就因为这样的自然灾害死于非命。这是多么悲戚的事。在三十多年后祖父去世时，给祖母加祭，一是为了纪念祖母，二是为了感谢村里当年来帮忙抢救祖母的人。那天村主任说这些话的时候，我就跪在地上，给村里的人们磕头谢恩。村里的人在三十多年前的夜里，不顾个人安危，不计平日仇怨，把救人当成了天大的事情。他们是村庄的英雄，他们是这场灾难的拯救者，他们是我们家族不能忘怀的恩人。大自然是无情的，它不知道在什么时候会对人类有不同的报复。具有生命的人，在大自然的魔掌中显得是那样的无能为力。自然的造物不是永远和完美结合在一起，在某种时刻和场合会显得异常狰狞。据有关报道，某年全球共发生245起自然灾害，数十万人丧生。灾难过后，给失去亲人的家庭带来无比伤痛的记忆。祖母的死，让家族顿时失去了主心骨，何况那时候四叔才七八岁，还是个需要母亲照顾的孩子。而在祖父走完自己的人生，我在给棚下吃饭的人们一叩首、二叩首、三叩首的时候，我看见三叔家的小儿子还在那里吃着自己常常吃不上的肉。三婶死的时候，她的小儿子还不到三岁。他的眼神在看着别人的时候，总有一种说不出的抑郁和胆怯，让人有一种心灵震撼的难过和怜惜。就连他的名字——江虎，也是祖父给起的。祖父从老大和老二家孩子的名字里，各选了一个字给老三家孩子，就把名字起好了。我也在想，当年祖母去世时，四叔还是个穿着开裆裤的不懂事的孩子，他看着眼前地崩山塌、大雨倾盆、众人相救的情景，会在脑海深处留下多少不可磨灭的印记啊。

四

祖母去世时，父亲还在医院里。父亲没有亲自送自己的母亲走完人生最后的一程。这也是我所说的，他心灵深处伤心的回忆。年过久远，如今他自己也成了60岁的老头了，我作为儿子，依然不敢提及这件事情。红道是父亲的仇人，从我记事起我们两家就不再说话，也就是那年，他和自己年富力强的儿子把父亲打得头破血流，大脑受损，后几经治疗才得以痊愈。知道这些事，也是我这次回到老家，和父亲一起整理他当年一直挂着锁子的红木箱子时发现的，那是他结婚时的唯一家当。他那时写了一沓沓的申诉材料，上面写着："乡公社，某年某月某日我村村民史红道，用耕犁从我家晾晒麦子的场院里犁过，我找他说理，他和自己儿子史西涛把我打伤，我住在了北极地段医院，就连我母亲去世都没能回来，经检查脑部受损……"我不忍心再看下去。薄薄的纸张已经霉烂，我只问了父亲，这些资料还要不。他说你看没用了就扔了去。我扔了那些纸张，我也想扔掉父亲那时的痛苦，不想让他再一次看到这些心酸的事情。母亲说，祖母在去世的前一天，还来问父亲的伤情，还去找村主任评理，还帮她把地里收割下来的麦捆子一个个地往场院里背。

祖母的画像摆在桌子上，她那时基本上没有照过相，相片是后来电脑合成的。母亲给我说，你奶的照片和她那时一模一样，你好好看看。母亲之所以这么说，是因为祖母生前最疼爱我，而到了我有能力尽孝的时候，她却早已离开人世。我那时小，仅仅记得她葬礼的那天，院子里的临时锅灶上煮着牛肉、驴肉。姐姐带着我坐在厦房的台阶上，馋得直流口水。母亲说生下我的那天正好是大年夜，祖母来不及做饭，就带着一块银圆跑到家里来，说她有牛牛娃孙子了，把银圆用红布包了，给我戴在裹兜上。祖母的坟在十二栓的地里，每年大年三十，也就是我生日的那天，母亲不到下午就催促着我们孩子们去给祖母上坟。每次她做了好吃的，在祭灶神的同时，也给祖母盛上一些，口里念念有词地说："妈呀，你也吃些，现在过上好年景了。"

祖母的画像和祖父的遗像共同摆在那里，桌上白烛落泪，火苗跳跃。在奠礼的那天夜里，请来了乐手队给两位老人家唱戏。祖父一辈子是爱听戏的，那时镇上唱戏，祖父早早地就坐在人群里，直到看得心花怒放，过完瘾为止。我不知道祖母有什么喜好，我想她也是有爱好的，只是那时家里负担重，人们都不分昼夜为了养家糊口罢了。大家轮流点戏，乐手队吹拉弹唱，《三娘教子》《金沙滩》《祭灯》《十五贯》《下河东》等轮流登场，时而高亢奔放，时而曲调悲戚，凄切感人。尤其是乐队里戴眼镜的女唱手，无论是传统秦腔戏，还是民乐，都唱得字正腔圆、清脆明快，是南北二塬乐手队里为数不多的唱戏好手，听说年轻时在百年易俗社当过台柱子。

古人言：树欲静而风不止，子欲养而亲不待。因为祖父的去世，我再一次跪在故乡的土地上。我的故乡在史家河，属于黄土高原沟壑区最偏僻的一个小山村。我就出生和成长于那里，二十多年。还记得第一次出来上学，从外地到西安，乘火车需要整整一个夜晚。每当早上火车进了潼关，太阳正好就从东边爬了出来，脸庞红彤彤的，看上去顿觉温暖。下了火车，再转乘汽车，坐上四五个小时才能到彬县县城。尤其是到春节放假，多久能回到故乡，那是一件最不靠谱的事情。在城西客运站，即使是凌晨三四点，依然是人群黑压压地涌过来，不顾一切地挤上车。有人丢了行李，有人的包断了带，但包还在背上，因为有后面的人一直挤着，感觉不到，也掉不下去。到了彬县，离史家河还有二三十公里，不通客车，就基本靠走，或者在县城里借乡党的自行车，骑回去，又骑来。

五

公元725年，也就是唐玄宗开元十三年，因"豳"与"幽"字形相近，易混淆，诏改豳州为邠州。直到1964年9月10日，"邠"

改为"彬"。史家河村属彬县北极镇，原称"白吉镇"，据说是"白吉馍"之源地。村庄的历史有多久，这是我想核实清楚的事。我又翻起了县志。县志行政区划第一次的时间记载，是明代及其以前。《彬县县志》记载：

秦制，郡辖县，县辖乡，乡辖亭。唐代，县以下区划为乡、里、邻、户制。百户为里，五里为乡，在城称坊，在乡称里。宋设10乡。元为村社，里甲。元以前区划详情失考。

"明代，邠州直辖4乡27里。"27里，只有盘龙里辖5村，有"史店"；亭口里辖3村，有"史家村"。其他乡里均无有史姓村庄记载。

"清代，全县为5乡9里，辖221村。"在州北北乡的"祥发里"辖37村。第一次出现了"史家河"这个名字，令我振奋。和史家河同属"祥发里"的，还有今天同在红岩河川道里的高渠、阎子川等。

据有关文物考证，公元前22年时，古豳大地已有先民居住，先民已纳豳山之雄浑，汲泾水之灵气，使用泥质夹沙红、灰、白陶器和石刀、石臼等。我听祖父说，他的祖父也生活在这里。在1645年（清顺治二年）正月，清军占领西安后，邠地就归属于清。即使从这个时间算起，距今已有369年；祖祖辈辈就在这河川道里，一代代地经营和繁衍了下来，村庄里人口最多时达到了两三千人。而到今天，故乡即将消失的时光成了我内心深处无法言说的痛楚。据有关媒体透露，相关部门最新的统计数字显示，我国的自然村十年间由360万个锐减到只剩270万个。这意味着，每一天中国都有80到100个村庄消失。我回到村庄，剩下的人仅靠双手就能数得过来，他们有的已经年老，无依无靠，住着已经破烂不堪的半边窑，院落周围荒草萋萋，如果不是在傍晚，那孔半边窑上空冒起了烧炕时呛人的青烟，我甚至都不相信他们还在这里。在白天，他们已经没有力气去下地，就眼巴巴地坐在太阳坡里，晒着暖烘烘的太阳，这是他们心中最温暖的事情。有的虽然算得上壮年，但是早已妻离子散，曾经的妻子跟着谁跑了，不知道现在和谁在哪里生活。本来应该去上大学的小儿女，如今在哪个城市过着最底层打工人的生活。这些好像都不是他们关心的事情。他们总是闷着头，日出而作、日落而归地在那几亩薄地里刨着，那几亩靠天吃饭的土地算不上肥沃，但是收拾得平整不已。这块地就是他们的生命，就是靠着这块地，他们在风调雨顺的生活中就显得很是丰盈，如果在天旱不雨的年景里就显得捉襟见肘。能干些的人、能下苦力的人、稍微活泛一些的人都去了城里，就剩下了这些低矮的窑洞、残破的土墙、打不起精神的树木、长满柴草的院落、空寂无人的村庄，山无言，水空过，一切都显得那么落寞。

六

史家河村临红岩河而居，依山而生。红岩河的水绕山而过，遇沟而流。红岩河发源于子午岭西侧，系泾河左岸一级支流，从甘肃省正宁县到旬邑，流经安家河、红岩河村、马家河村、林家河村、史家河村、师家河村、阎子川村，从高渠村汇入泾河，干流全长近80公里。也就是这条河，滋养了祖祖辈辈的乡亲，让一代又一代的人依河而居，依河而耕，延续着中国农业发展史上的定耕文明。多少年了，红岩河一直沿着村庄静静地流过。这些在村庄中生活的人，从祖先多挖窑洞，傍水而居，直至今天，让我们依旧少不了对河流的依恋。

前些年，有人沿着河流一直向源头走，走了七天七夜，总算走到了子午岭。一路上，红岩河清澈见底，水绕青山过，倒影水中流。河川里的山丘林木葱茏，深谷流水潺潺不息，阳光下光芒灿烂，岚雾升腾，碧水青山与一个个依山傍水的村庄交相辉映，安静祥和。沿着河流走的人，夜里困了就在沿河村庄的人家里借宿，热情的女主人甩了膀子擀长面，煎了油汪汪的汤，汤浇在细长而筋道的面条上，吃上三大碗后，肚皮撑得圆实，才放下碗筷，直呼过瘾。

回来的人说，在快到红岩河源头的时候，水流越来越细，细得只有碗口大的一股水，从山根急着性子溢出来，在山间形成了一个硕大的湖面。这里远离城市，也没有农民山人居住，既听不到城市的喧嚣，也无乡村的鸡鸣犬吠。湖静静地躺在重峦翠峰之中，犹如一个婴儿熟睡在母亲的怀抱里。偶尔一阵林间轻风，吹得湖面微波粼粼，如婴儿梦中的笑靥。山间有风起，水面碧波荡漾，犹如一条蓝色的飘带沉落山涧。湖两岸的密林峰影倒映湖中，湖光山色融为一体。还有从山间流淌下来的小小的一滴滴水，汇聚成涓涓小溪，欢快地奔流，在这近80公里的旅程里，越过了许许多多小山、村庄，永不停息地注入泾河的怀抱中。

七

从远古时期，我们的祖先就在这里傍水而居，繁衍生息，一代代人老去，又一代代人在这里呱呱落地。老去的人们在村庄里生活着，他们不知道在这河边地里走了多少次，犁地、割麦、种洋芋，从这片土地里刨着自己糊口的粮食，养育着儿女，直到老去进了坟墓，还躺在山根底的阳坡旮旯里，伴着不息的河流，看着高巍的大山，倾听着村庄的声音。

红岩河在伏天的暴雨后经常发大水，即使是史家河村没有下一滴雨的时候，有可能是红岩河的源头子午岭，也有可能是甘肃省，或是旬邑县，或是安家河马家河倾盆大雨、沟沟渠渠的山洪都涌进了红岩河里，红岩河的水就涨了起来，轰轰隆隆地顺着河床而下。林家河有人喊："河下来啰，河下来啰！"史家河的人也跟着喊，整个红岩河川道的村庄里，你一声，他一声，河两岸的人都听到了河水暴涨的声音。这个时候，有人在河对面的山上给牛割草，也有人在河边洗衣服，更有不听话的孩子在河里游泳。听见有人喊河流涨水的声音，有人家的男人女人在河对面，孩子们就扯起嗓子大呀妈呀地喊，让赶快过河来；有人家的孩子在河里游泳，家长们就龙娃、虎娃、狗娃、猫娃地喊，让赶快上岸来。

人刚跑上岸来，各沟沟渠渠、河河道道的水涨得都涌到河道里来，轰轰隆隆地向下冲。泥水上漂着黑压压的河捞柴。等河水涨过，有人就在漫滩上用铁耙子捞柴，一堆堆地用架子车拉了回去，晒上个三五天就可以做饭烧火。涨水的河流至少得一周，水才能慢慢地变清。听见有人喊着河流涨水时，我常常跑到河边的石台上看热闹。有人带了大耙子来，收拾柴火，有人挽了裤腿在河边拉被水冲下来的碗口粗的树，也有人带了粗绳，以防万一有失水的人被冲下来。老人说，河涨水的时候，河头上有龙在压着，当有人还没过河的时候，龙就跑得慢一些。涨水的河头确实像条长龙，在清浅的水里游过，水就变得浑浊且泛滥起来，让村庄里的人没地方洗衣，让村庄里的牲口没地方喝水。这样，牲口喝的水也得从吃水沟里一担担地挑回来，想洗衣服的人也就断了念想，脏衣服攒了一大堆，就等着河水清了，再去一件件地洗净，在河边的草丛里五颜六色地晾干，收回叠好放进柜子里。

有人顺着河流，悲伤地走，漫无目的地走，见人就拉着双手，又发烟又点火，老叔大哥老嫂子地喊着，一脸悲戚地问："自从涨水那天见没见有人被冲下来？"他们顺着安家河、马家河、林家河直到史家河，也没能找到没来得及过河的亲人，眼睁睁地看着涨了水的红岩河一浪接着一浪地翻滚，亲人无助地在泥水里扑腾，水深浪急。红岩河的泥水冲到泾河里，泾河的水又流到渭河里，渭河的水又急湍湍地拐个弯，就到了河南。这次河水涨得大，河面宽，有河滩的玉米地、花生地里，一株株快要长成的株蔓，被连厚土一起卷起，以排山倒海之势卷到水流里去。顺着河找落水的人又去哪里找呢？他们一句句地听到村庄的人说没见到的话，就更加急不可耐了。在河边放了一挂鞭炮，又抱着一线线期望继续顺着河岸一步步地向下走了。

八

夏天，红岩河不仅会在涨水时冲走没来得及上岸的人，更是连续几年都无情地吞噬掉几个不识水性的孩子。就有人说，江河海湖甚至水井水潭中都有职司不同的水神，红岩河里的水神却不见了，软弱无力的孩子们便成了水里那些妖魔鬼怪们的祭品。午间学后，常常有孩子三五成群地来到河边，脱了衣服，一下子跳进水里，就有人不见了踪影。智斌六岁的弟弟就在一天中午再没有从河里上来。智斌是个好水手，在水里潜下去、浮上来，三番五次地寻找，还是不见踪影。有人拿了长长的竹竿和网来，地毯式地搜寻了一遍。岸上的人悲悲戚戚地哭，能见到孩子的尸体成了唯一的期望。山顶上旺安村的几个小孩子，也是在水里跳下去就再没有了下文。同来的小伙伴吓得面如土色，哭不出声，失去孩子的父母就抱了孩子唯一留下的短衣短裤和一双布鞋，被人搀扶着，已经流干了泪的哭声声声不断，从山上盘旋的小路上去，一直到不见了身影。

后来，就有人不时地去河边上香烧纸，河水哗哗地流淌，烟火袅袅。再没有小孩子去河里游泳戏水了，因为这些年红岩河带走了好几个人的命。有塬上的人路过，便脱了衣服在河里游来游去，村里人看见了，就跑过去喊着快上岸，快上岸。塬上的人就说，你们河滩里就抠皮得很，路过你家想喝口水却给吃馍，这河是大家的河，你管不住我，我爱咋游就咋游，继续撩着水爱不释手。有在河滩里放牛的人，在岸边坐下来，有一句没一句地和水里的人说话，说这河里每年有指标哩，就像计划生育一样，计划生育去挨一刀子但你人还在，这河里确是连个尸首都找不来。放牛的人话还没说完，水里的人就嗖地站起来，一丝不挂，顾不上羞丑，急火火地穿上衣服，提着包袱，顺着河岸的路快步地离开，越走越远，他可能走亲戚去了。

九

我一个人行走在村庄空旷无人的小道上，耳边偶尔有鸟儿啾啾着滑翔而过，走了半天，也没遇上一个能搭话的人。只有路边那些已经长成了的一排排杨树，壮硕而高大地站在那里，伸展的根系吮吸着这块土地唯有的营养。人烟散尽的村庄，少了的不仅仅是生机啊。想起曾经"乡村四月闲人少，才了蚕桑又插田"的情景，鸡犬相闻、炊烟四起的情景，村里人来人往，每年县里的剧团都来唱大戏的情景……如今这些，都已消失在已经远去的岁月中，却深深刻在我心灵深处的记忆里。

甲午清明时节，四叔回故乡扫墓，他在微信里说："小洼山上多墓田，清明祭扫各纷然。纸灰飞作白蝴蝶，血泪洒进黄土田。我欲添土修坟冢，又怕惊醒仙父梦。轻轻栽好松柏树，浊酒几杯泪别离。意欲回头再别父，怎奈雨泪遮双眼。驾车一曲还偷泪，恨是伤心无处依。我劝诸君多孝心，别再想孝无老人。"

史家河这个小山村，除了山丘上叫作旱地的农田，其他都在河岸上的河川里。土地肥沃，庄稼丰腴。小时候，红岩河里泥鳅成群，在清澈透明的水面上探出头来，吮吸新鲜空气。那时候家里穷，有小孩口馋了，便跑到河里去，挽起裤腿，伸手抓上几条光溜溜的泥鳅，耀武扬威地提着向家里跑。回去了，便把泥鳅取了内脏洗净，在铁勺里倒了油，放在锅底上烧热，泥鳅的美味儿就直往人们的鼻孔里钻。在春天，万物复苏，百草苗长，每天放学后，孩子们就提着篓，到河滩的麦地里用刀挑刚长出来不久水灵灵绿油油的野菜，回去了和着面粉蒸成菜馍吃，煮在面条里当蔬菜吃，剩下的吃不完了就喂兔子、喂牛犊。

十

在中国黄土高原的农村，又有几家不养几头牛、几只猪、一群鸡和兔子呢？等孩子们开学的时候，这些长大了的鸡和兔子都一起去了镇上的集市，换来了我们的学费。然后再买些小家禽回来，又一点点地养大，等待着下一学期的到来。牛是不能卖的，有了牛，种田的时候，牛就成了主要的劳力。十几亩地等着它去犁，一场场的麦草等着它去拉着碌碡碾，翻山越岭的坡等着它去拉车子，牛成了农村人最忠诚、最亲密的伙伴。有人和车子在的时候，牛绳就攥在女人或者孩子手里，男人们驾着辕，手里捏着鞭子，吆喝着就走向了田地里。

东方已露出了鱼肚白，晨曦初现，村庄里家家户户的大公鸡迫不及待、此起彼伏地唱起了每日最为雄壮且神圣的歌谣。有男人挑起水桶，吱吱扭扭地去沟底下的石泉里挑水，回来的路上，头上冒着热气。村里没有自来水，祖祖辈辈都习惯了饮用山根下石泉里泛出来的水，水质甘甜，夏天冰爽，冬天温热。每天到早上挑水的时间，走在河渠岸裤带宽的小路上，一字儿跟着，大家都不紧不慢，说说笑笑，说庄稼，说化肥，说牲口，偶尔也一起讨论国事。

村庄里的人都习惯每天吃两顿饭，早上一顿，晌午一顿。要下地前，女人们就早早地起来，提起篓篓跑到菜地里，辣椒茄子豆角西红柿等菜蔬，样样数数地都摘了些回来。这些菜蔬长得欢实，个大肉嫩，这是土肥的结果。农村人的菜地常常是受到优待的，好的土肥都拉到了菜地里，趁着天下雨，一锨一锨地送到了每根苗株的根上，培上土，让它们拔开骨节，苗壮地成长。菜地里的辣椒辣味十足，豆角荚大又饱满，西红柿笑红了脸蛋。女人回到家里，厨窑上的炊烟已经从墙上高高的烟囱里袅袅升起，在乡村的山风中袅袅飘动，扶摇而上。每天早晨，村庄传来的风箱声，院落中叽叽喳喳的鸟叫声，小学里传来的朗朗读书声，汪汪的狗叫声，声声入耳，声声清脆。农家人平淡的生活，像村旁流过的红岩河涓涓流水一样，缓缓流淌，浪花卷卷，经久不息，扬长而去。整个村庄的人，都是一个家族维系起来的，血缘关系紧紧地相连着，浓于水，情沁人。

村庄里，田地中种植最多的是小麦和油菜，这是庄稼人的主打农作物。七八月里种油菜，九十月里埋麦种。处暑的节气过后，人就开始整理地，等过了寒露，麦芽儿都开始顶破地皮，油菜已经长出了三四片叶子。来年春天，麦子开始慢慢抽穗的时候，黄遍了山野的油菜花已经齐茬茬地长成。农村人有两和粮食不在集市上买，一个是麦子，另一个就是油菜。自家厨窑瓦瓮里没有了面粉时，就在粮食囤里装上几化肥袋子粮食，拉到河岸边，淘洗了去邻村的磨面房磨面粉。半天下来，白面、黑面、麸皮各装几袋，人的口粮、牲畜的饲料就都齐全了。自家粮食磨出来的面，没有掺入石膏粉，嚼起来依然筋道有力，没有添加增白粉，闻起来依然香喷喷。这些年，城里人吃油条油糕等油炸食品时总是问，是不是纯菜油？黑心的老板心里想也不用想，就随口而出：就是。纯菜油成了城里人餐桌上的念想和稀罕品，因为它质纯色亮味香，且还健康。而每天城市里的各大早报晚报上，大量刊登着某某城中村私炼点已将百吨地沟油流入市场等这样的新闻，让生活在这个城市的人们食不能味。

十一

如今走在村庄里，田地荒芜了许多。即使有还守在村庄的人种了庄稼，麦子长得也是有气无力。没有了人，没有了人常年生活在村庄里，村庄就成了一片凋敝的荒地，人走了，村庄也不再是一望无际，不再是麦浪滚滚，不再有麦浪声里说丰年、听取蛙声一片，不再有蝴蝶、蜜蜂、蜻蜓飞舞的踪影。村庄的夜晚，静得让人毛骨悚然。即使是户籍还在农村的孩子，也已经成了农村与城市之间的夹生层。他们怎能体会到在农村的夏夜，月朗星稀，蟋蟀歌唱，蛙声齐鸣，人们坐在场院里，吹着舒适的微风，一起感受着属于农村生活的快乐场景。

河川里，河道纵横，像人的脉络里流淌的血液一样，小溪从四面八方的沟渠里欢快地穿梭，汇聚到红岩河里。人们饮用河水，并用其灌溉，女人们在河里洗衣，孩子们伏天里在河里嬉戏。小溪汇聚起来的红岩河，水流缓慢，清澈见底，河卵石上，泥鳅蝌蚪们自由地游弋。在农田里忙活了一天的人们，双手掬一捧河水，咕咚咕咚地喝下肚去，消一身暑气，解一身困乏，透心地清凉。或是在夜幕降临之时，天渐渐暗了下来，便脱掉身上的衣服，跳进水里去，让劳困随远流而去。大人们种完地就回了家，让我们解开了牛的缰绳，这些没了束缚的家伙，在河边平缓的滩地里撒欢，在河边丰茂的水草滩里吃草，大快朵颐，来不及反刍。那时候，河水是多么的清澈呀，我们躺在河边的鹅卵石滩里拣各种奇形怪状的石头，有的像猴头，有的像菩萨，有的像泥鸡，个个都爱不释手。河边上有大块大块的青石，像一条船一样，长在河心里，已与河床成为一个整体，听说这是我父亲小时候，某个夏天的下午，红岩河的水发了疯，黑压压地无所顾忌地汹涌而来，在大浪淘沙中掀起的石头。那天水漫过河滩上所有的田地，冲跑了人们在河边地里种下的麦子、花生、高粱。人常说：水火无情。在史家河那个小川道里，哪里能容下红岩河有史以来最大的涨水呢？还有许多人失去了家园、家畜，还有亲人。涨水退去，河沿岸的好几个村子的人，悲悲戚戚地在河滩的淤泥里寻找生存的希望，这是多么不好的年景啊，仅有的一次，祖祖辈辈都传说着……

河水冲刷淤积起来的田地，是农民再次耕作的希望。他们佝偻着身躯，迎来的是木锨板大的高粱头，迎来的是颗粒饱满的沉甸甸的麦穗。他们厚重的肩膀上，沐浴着属于丰收时节的阳光，撒播着一片怜惜相依的汗水。一个个面朝黄土背朝天的农民，以粗犷的大手、黝黑的皮肤，在史家河这片土地上，守望着庄稼地，守护着故乡大地，伫立成不朽的背影。还有女人们，她们不像城里的女人那样娇贵，但也有袅袅炊烟般的缕缕温情，她们和男人们一样下地，又把这一个个家照顾得妥帖安顺，她们的鬓角上，布满一道道犹如梯田般的纹路。美是什么？就是她们默默无闻地劳作，如成熟的粮食般饱满而凝腴。

十二

从十年前开始，我们曾经的村庄悄然发生着变化，这种变化是没有任何征兆的，也好像是冥冥中注定的，甚至还没有来得及幡然醒悟，村庄里就没有人了。现在我们到处都能看到荒芜的田地，密密匝匝的荒草成了曾经的田地里所谓的庄稼，不能给村庄带来一点生机。即将干涸的红岩河，像还驻守在村庄哪里都去不了而年已古稀的老人眼角上的泪水，甚至再没有多长时间就会消失不见。遗忘在黄土高原广袤河川上的史家河，是维系我万千牵挂的故乡，她哺育了一代又一代的乡亲，然后等他们渐渐老去，又把他们的坟墓一个个地抱在怀里，就那样在瑟瑟的秋风中摇曳着，摇曳着。我常常在西安城的梦里回想起她。我在梦里常常回到故乡，一步步地走还没走够的路。我梦中的景象都是小时候经历过的，故乡山清水秀，空气清新，鸟语花香，土地肥美，庄稼丰收，是我对脚下的那片热土爱得赤诚，爱得深沉，想着法儿地让仅有的土地里长出高高的庄稼。田埂里长着正在吐缨子的玉米，田埂边的碱畔长着扯着长蔓的豆苗，河滩边的沙石地里种着个大肉厚的土豆。土地争气，总是给农民们意想不到的回报。谁家的儿子娶媳妇了，小伙子长得脱脱条条，姑娘长得水灵灵的，像是七月里清早庄稼上的露珠。他们婚后手脚勤快，也是过日子的一把好手。

我的梦是那么的纯真啊，可是从夜晚的梦中醒来，已物是人非，我不在故乡的路上，姑娘小伙们已经进了城里，有一点劳动能力的男男女女也进了城里，他们在城里那个不叫家的家里安顿着自己的人生，干着迟到五分钟就要被扣掉工资的体力活儿。或者他们在城市的小巷子里摆着小摊儿，担惊受怕地四周张望着有备而来的城管。

城市在发展，在改造，在扩建，在没日没夜地修着钢筋水泥楼，那宽宽的马路今日挖埋水管，明日挖埋缆线，就成了名副其实的"拉链路"。我在西安住了好几年城中村，城中村是个香饽饽，不可避免地进入了城市发展的规划蓝图。拆迁方案很快下来，整个城中村要拆迁，在通知的期限内，村民们陆陆续续、依依不舍地搬走了。史家河这个穷乡僻壤的山村，也和城市的城中村一样，走上了搬迁的路。在红岩河下游的高渠村要修建红岩河水库，史家河村就成了淹没区。村庄里涉及搬迁的人们，庄基已经被廉价的金钱所收购。年轻人很高兴，总算进到了城里，不再在那个贫穷的山村里，因娶不到媳妇而打光棍。可是，他们无法体会老人们的怀旧心情。史家河或许已经存在了几百年，乃至上千年，大家祖祖辈辈在这里生存繁衍，突然之间，这儿要被淹没，一个村庄从地平线上消失，从大家的生活中消失，一下子很难让人接受，不免让人留恋又伤感。

原以为，我们将世世代代在这里生存，直到地老天荒，没想到，一个投资项目就打乱了大家的生活，村庄和农田即将改头换面，变成水库的领地。好多人都沉默寡言，一连几夜睡不着。不搬是不可能的，但是搬到了另外一个地方，乡里乡亲的，大家却不能在一起。俗话说："故土难离。"日积月累的对故土的眷恋与亲近，还有乡亲们积聚起来的血浓于水的亲情，早已融入了人们的血脉之中，割舍不了，分离不掉。有老人伤神，说他都七十多岁的人了，不知道有一天去世，是否还能埋在村庄，和祖先的魂灵团聚在一起；有中年人伤心，城里的安置房那么贵，钱在哪里？仅仅靠每天打零工挣来的一百多元吗？怎样卖命地挣钱才能负担得起呢？

十三

去年国庆的一天，我和兄弟走在县城的大街上，遇到了三叔，我父亲的弟弟。他差点哇的一声哭了起来。兄弟赶快抱住了他，作为侄子，兄弟的一个怀抱，给了无助的三叔一个最温暖的依靠，他把即将发出的哭声硬生生地憋了回去，眼泪在凹下去的眼眶里打转转，看上去是有苦说不出的难受。他带着哭腔说，他在找住处。偌大的彬县县城里，黑漆漆的傍晚，人来人往，高楼大厦，万家灯火，来到城里务工的三叔却没有一处能够躲避风雨的安身之所。三叔来到城里后，原来住在四叔空置的家里，昨天因家务事与四叔两口子发生了争执。他说他挨了打，我听了心里七上八下，不知道是该相信还是不相信。三叔爱哭，这是他的毛病。他十几年来既当爹又当妈，拉扯大了三个孩子，孩子又不争气，他有他的痛楚。每当他受委屈的时候，止不住的哭声就扯起来，震惊四邻。

三叔说大女子丑女跑了，跟着一个男人跑了，他已经寻找了很多日夜。十九岁的丑女没读几年书，就在县城的餐厅里当服务员，这女娃到了情窦初开的年龄，遇上了个喜欢她的小伙子，就陷入了情网不能自拔，抛弃了父亲和弟弟，跟着她喜欢的人上陕北、下广东，在哪里都待不久。三叔说，丑女原来还接他的电话，有次他把丑女从那个男孩的出租屋里拉出来，带回了借住的家。他以为丑女会乖乖地生活，继续去餐厅当她的服务员，挣些钱来补贴这个穷苦的家。三叔去工地干活了，丑女再次离家，从此不再接父亲的电话，在这个世界上好像消失了。

三叔的眼泪啪啪地向下掉，他用已经裂开了口子的黑手左右地抹着，溢出的眼泪总是抹不完。我和弟弟不知道怎样安慰他，才能让他的心里好受一些，至少让他止住眼泪。三叔是个传统的人，他说那男孩喜欢丑女的话，就应该让父母来找他说事提亲，他就把丑女体面地嫁出去，这样他的脸上有光彩。丑女现在今天跟着这个男娃跑，明天跟着那个男娃跑，万一有一天出了事，他咋给已经死去多年的三婶交代呢？

十四

三婶于1999年的冬天死于心脏病。她从马家河嫁入史家河的情景，在我现在的记忆里还是那么清晰。那时候高安公路还没有修通，顺着红岩河蜿蜒而上的小路，迎亲的队伍在唢呐声中由远及近。史家老三，就是我的三叔，咧着嘴笑嘻嘻地看着每个人。他平时走路有些外八字，还扑嗒扑嗒。可是那天，在两边夹道看热闹的妇女儿童人群里，他戴着写有"新郎"二字的花，极力地挺直了腰杆，像是刚从战场凯旋的士兵，长有络腮胡子的脸上，溢满了灿烂的笑容。我的三婶，一个早年就失去了母亲的女子，她坐在自行车后面，穿着一身大红棉衣裤，头上顶着一块大红盖头，走了十来里路，还是哭哭啼啼的，眼泪就像断了线的珠子。古时关中一带女儿出嫁时，有"哭嫁"这一说。说是新娘戴冠披霞，穿红绣鞋之后，离别之情油然而生，哭声感人，叫"哭轿"或"哭嫁"。还有哭词叫《哭轿歌》："娘呀娘，您养我身，今日出嫁成客人，丢下弟妹谁照看，好比钢刀挖我心……"在迎亲的唢呐声中，新娘由迎亲女扶上花轿，轿门垂帘。照妖镜悬于轿杆，选二童扶轿护送叫"押轿"。乐人前头吹奏，"衣架"（摆新娘的妆奁等针线活的木架）随后，紧跟"什罗"（专门放新娘装饰及生活用品的木抬箱），新郎骑马于轿前，梳头侍女之车随后，再后是娘家客人的乘车，形成一列长长的队伍，名为"吃筵席的"。凡轿过之村，皆鸣炮停歇。轿过桥头、十字路口、街道，必要鸣炮，有的还要贴红纸表示以喜驱邪。若途中撞亲，以互换礼物让道，表示互不干扰，各自平安。若遇丧棺则要改道，或以红绸遮轿，在炮声中前行。

到了晌午，高朋满座，新郎新娘发完烟，倒完酒，执事就开始吆喝流传下来的一段话：抬轿的，扶女的，扮相客的；知己的，看客的，收礼的，四面八方贺喜的；铺席的，夹毡的，还有切菜的，揉面的，烧锅揽柴砸炭的；摘葱的，剥蒜的，担水吆驴磨面的；扫地的，看院的，提茶倒水抹案的；抱娃的，收蛋的，买烟灌酒上县的；还有停到门口立站的，扒到窗口偷看的；没有事情干的，出来进去转悠的；端盘的，拾馍的，专门招呼看坐的；主家一并致谢了。这些在三叔三婶婚礼上的话，我到今天记得还是那么清楚。可是，可是，三婶如今已经去世十几年了，真是岁月不等人啊。

十五

关中俗语云：儿大不由父，女大不由娘。我知道三叔说的出了事是啥意思，他担心自己的女儿和别人在一起同居，万一哪天怀孕了，他的老脸往哪儿搁。在史家河，没有订婚的女孩子和男孩子混在一起，是最伤风化的事情。而在我所居的城市，却是最普通不过了。据北京大学中国社会科学调查中心发布的《中国民生发展报告2013》显示：2012年，国内同居和离婚的比例都略有上升，婚姻不稳定的情况有所显露。全国有12%的初婚夫妇婚前同居过。婚前同居的比例呈上升趋势：在1970年以前结婚的夫妇婚前同居的比例仅为1.8%，2000年以后结婚的夫妇婚前同居的比例则上升到了32.6%。

我没敢给三叔说这些，他无法理解城市里的这些事。他一辈子最远来过西安打工，在六村堡的卫生纸厂里打浆，在马家寨的背街小巷里卖煤球，他把煤球拉出去，顺着背街小巷，扯着关中人最原始的声腔：煤球——煤球——谁要煤球哩。卖完了煤球，把每一毛钱都一下下地铺平，然后装进汗衫内侧的兜里，再用别针别好。他往往是秋天里种完了麦子，收了秋粮出去打工，再到过年回来。这样周而复始地过了多年，直到三婶因病去世。那个剩下三个孩子嗷嗷待哺的家，就在他冷一顿热一顿的生活中走到了今天。丑女没读几年书，现在四处乱跑成了三叔的心病；大儿子在小学里就和老师打架，念到初一就早早地回来，放羊下地。这娃虽不喜欢读书，但确实是干农活的好手。十六七岁的孩子，长了个大个子，现在跟着三叔在县城里打工，吃苦，耐劳，喜欢攒钱。小儿子读书还算好，这娃从小受了苦，三婶去世时，他来到这个世界上才几个月，就在他母亲生命弥留之际，他还趴在母亲的身上吃奶。小时候靠喝羊奶，才长成了这么大。他很机灵，也懂事，三叔为了省钱，整日整日的饭里不见一丁点儿的油花花，也不太买市场上的时令菜，他知道父亲生活的苦，除了贪玩之外，就是看书、学习。

站在大街上，有卖菜收摊儿的人，骑着三轮车从身边匆匆而过；有步履缓慢的老人，背着手，旱烟锅搭在脖颈上，咳嗽着远去；有带着孩童的妇女，因不愿意掏钱让孩子耍跳蹦蹦床，惹孩子大哭不止；大街的不远处，洗头房色彩斑斓的霓虹灯闪烁着，有一溜儿排开的出租车，在等待着掏钱就走的客人。三叔的眼泪还是从眼眶里向外涌，好像是这么多年的苦，一直没有找到诉说的对象。他说他不愿意给外人说，他不想让别人看不起他。对于我和弟弟，他是我们的父辈，我们是他的亲侄儿，他没有什么不可以说。他哽咽着说，我想和你二娃大一样，买两包老鼠药吃下去，了却了这个太难过的人生。

十六

　　自杀身亡是个沉重的话题。在农村,好多人往往都因一时想不开就走上了这条绝路。不久前,扁娃大就用一瓶农药结束了自己六十多年的生命,这是村子里这些年来第多少个自杀的人,已无法算计。我和弟弟劝说着三叔,这么多年的生活是他一个人扛过来的,再不敢有半点闪失。他三十多岁死了媳妇,从来也没想着再找一个。也有好心的人给他多次介绍,他都拒绝了。他从一个年轻的小伙子,拉扯着三个孩子,单身的日子过了这么多年,到现在满头稀疏的乱发,已经快掉完了却舍不得补上的满口坏牙,是何等的不易啊。

　　年轻时,为了盖房子,他跑到铜川的煤矿上挖煤,挣了一些钱,一口气给自己家盖了五间大红房子,可是这些房子却成了他如今留在故乡的唯一牵挂。他总担心有人在半夜里撬了他家的门,偷走了粮食,这是前些年种地打下来的。他虽然在城里的工地上打工,但是心思还在村庄里大门的那把锁上。不来城里打工,上学的儿子没有学费,即使一丁点儿的油盐酱醋钱,在村庄里都挣不到;到了城里打工,家里的大门上就得挂锁,他说自己常常在县城的夜里惊醒,梦见门上的锁被人砸了,把粮食囤里的麦子一袋子一袋子地都搬了去。他有次半夜里醒来,却怎么也睡不着,就骑着车子向几十里外的村庄跑。走进村庄，夜半的月光下，静得令人发怵。他用手摸了摸门上的锁，上面沾满了灰尘和露水。

经过了一阵儿劝说，三叔再不说关于死的话题。他说等他在城里给小儿子攒够了学费，儿子长大外出上学了，他就一个人回到村庄里，买上一群羊，在史家河的白草山、党家沟、鸡嘴山、十二洼，一天天地放羊。他不用看任何人的眼色，在村庄的蓝天白云下自在生活，也不会得罪了谁。其实这仅仅是他自己最为天真的想法，那个再过几年就要被淹没的村庄，哪里还会有三叔的大红房子呢？哪里还会让他赶上一群羊，舒舒坦坦地躺在大山的高草上，看着羊儿一点点地长大？哪里还会有红岩河畔的沙石地，让他给牛套上绳，深耕细作，再种上庄稼呢？

弟弟说，三叔，你别管了，我给在县城里咱们的人说，让谁见了丑女给我说，我找几个人和丑女的那个朋友好好谈谈。三叔拉拉弟弟的胳膊，这好像是解开他心头疙瘩的最后一根稻草，点着头快步消失在街头。他要去给自己找租住的房子，去给自己找在这个县城的安身之处，只要能避雨遮风，他就心满意足了。

日子还得过，他不能停息。

一个村庄的疼痛

病是一种钻心的痛

农历十月二十日清晨的史家河，已经开始变得冷了起来。对面石岩洼、洞子沟、鸡嘴山上，半人多高的野草慢慢开始枯萎，好像在等待着霜降的来临。除了山坡已经撂荒了的土地没有人种之外，河川里成片的麦苗已经顶破了地皮，悄悄地探出头来。在绒婶不宽敞的家里，阳光正好从窗户投射到这孔主窑内，投射到温热的土炕上，暖融融的，让人顿时觉得无比温暖且惬意。两条厚被子热乎乎地铺在这足足有九尺长的大炕上。堂姐堂哥姊妹六人，都是在这大炕上出生并长成大人。

昨夜的一场大风，卷起了小路两边已经落下的枯树叶，漫过村庄，在旷野里时快时慢地飞着。已经耕熟的田地已经开始有些结冻，一块块裸露在田野里。就是这样的原茬地，经过了秋天的寒霜、冬天的风雪和来年的春天，万物复苏之时，这块地就派上了用场。村庄里最早起床的人是养牛的人，他们要早早地起来，把牛圈里的夜粪清理掉，然后垫上干土，让拉了一晚上屎尿的牛舒适起来。他们夜里听见牛不吃草的时候，就披衣下炕，给牛添夜草，牛不吃夜草不肥呀。这几天我走在村庄里，许多事情让我内心备受煎熬，有劳动能力的人都离开了这里，只有老人们在独自过着自己艰难的生活。

就在二十日下午，刚在县城医院做完手术的绒婶回到了自己的家，她的儿子在县城教书，教的是高三年级毕业班，所以平时忙得不可开交。当租用的奥拓出租车离开了高渠的柏油路，沿着高安公路驶向通往村子的道路后就开始晃荡着颠簸，让她还没完全好的脖颈就像又一次开刀般疼痛。高安公路前些年还好，走的人很多，就是这条路，顺着红岩河，连通着四个乡镇、十几个村庄。这些年，每个村庄的人都候鸟般飞到了城里，村庄就荒芜了起来，高安公路被雨水冲刷得坑坑洼洼，路边也已经长满了荒草，甚是萧条。绒婶患的是"骨瘅"中晚期。医生说，这病晚期有可能导致瘫痪，且并发症还比较多。

病痛带来的暴躁和在高安公路上长时间的颠簸，令温柔了一辈子的绒婶心情一下子不好起来。她骂骂咧咧地说着高安公路下雨天是稀泥和牛粪搅合着流淌的世界，让人无处下脚。下雨天里，遇上不上眼的人开着拖拉机突突地过去，整个松软的路面就更没法下脚了。所以才有了现在的坑坑洼洼、高低不平。绒婶一直自言自语地埋怨着，她身旁没有人能接上话茬。

在村庄里，绒婶的病还不是最严重的。70多岁的茂叔已经在炕上躺了十多年了。在他那孔不高的窑洞里，有一根用布挽起来的绳子，从窑洞顶部一直垂到了炕沿上。老人要在炕上移动的时候，就用手拉着那根绳子来回移动，这根绳，是陪伴了茂叔十几年的"伴侣"，是伺候了茂叔十几年的"儿女"，是茂叔唯一能看到窗外阳光的"助力器"。

茂叔是有儿女的，儿子在山西的煤矿打工，女儿二十来岁在外打工时，就跟着个四川的碎崽崽远走高飞了，听说现在已经是三个孩子的娘。茂叔的老伴儿，在去年冬天挑水时，不幸摔倒造成一条腿骨折，由于年岁大，加之家中唯有的那几个零花钱还打算给儿孙攒下来，只是找了一个附近村子里的捏骨人随便地捏了捏。老伴儿至今还未能恢复正常行走，下地就依靠一根剥了皮的洋槐树棍子。我在茂叔家的时候，我不能想象她一个老人是怎样从沟底下挑起一桶水的。我问她，她给我指指窑里头靠墙的那只大罐子。这只烧制的罐子有些年头了，它有可能陪伴了这两位普通老人的大半生，或是当年他们年轻时，花了九牛二虎之力才买来的。罐子不大，口小肚大，能容下一二十斤水的样子。她就是用这只罐子，每天到沟底的泛水泉池里一点点地往家里提水。

前些年，村子里有人给人担水挣钱。一担水二角，从沟底担上来，还得走上好长一段路。家里有不方便的老人了，花上不到五角钱，担回来的水就能节省着用上一周多。担水的人，不是年富力强，但至少是经过多年历练有些力气的人。可是现在呢，村庄里花上一块钱都找不到那些人了。他们都为了生活，天南海北地漂泊去了，我不知道他们都在哪里。城市中处处都是拥挤的人，常常有打工的人走在人群中，那些人都是我的乡亲村邻。

茂叔老两口在这天寒地冻的日子里，唯一可以取暖的就是那个已经睡了有好多年的土炕，土炕不是很热，我的手放到那光溜溜的炕上，感觉略微比田野里的温度高些。炕洞门上盘了一个小锅台，那是他们用来烧饭的。这种在炕洞门上烧火的小锅台，最大的好处就是一举两得，做饭烧火的时候也就把炕烧热了。我在的时候，正好不是吃饭时间，这个一举两得的土台子里没有一丝丝火星，要不是从天窗里投射进来的阳光，这个已经破旧不堪的窑洞里，就没有一点点生机了。

老人们对自己的物质生活已经没有什么期望。他们最大的期望就是能够站起来，给自己弄点吃食，填饱肚子就行；自己能提一罐水，口不渴就行；自己能够自行下炕去解个手，不拉到炕上或裤子里就行。老人却对儿孙的生活一直牵挂着，我问茂叔，他的儿子宝哥多久回来一次。茂叔说他不让儿子回来，回来的路上都要花钱哩。那些钱白白浪费掉干啥，还不如留着给孙子读书呢。茂叔虽然这些年一直生活在村庄里，其实他的思想也已经随着社会的发展在变化着。他的儿子宝哥当年就是吃了没有念过几天书的亏。茂叔当年认为儿子能挣上钱是第一位，他这个一辈子穷怕了的老头子，那时候是深深地知道钱是多么的重要。而现在呢，他更想把钱攒起来，供自己的孙子读书，他要让自己的孙子像宝哥打工煤矿的正式子弟一样，在明亮的教室里学习，而不是趴在村庄小学里的土台子上。

茂叔炕头的窗台上放着几个白色的药瓶，药瓶上落满了一层厚厚的尘土，他应该是好久都没有吃上几片药了。我问老人有没有参加新型农村合作医疗，他的眼睛直直地看着我，好像没有听懂。后来我才知道村里的乡亲都把"新型农村合作医疗"叫"直通车"，为啥他们这样叫呢？他们就是期望啥都一步到位，例如报销药费少跑路、环节少，用他们的话说就是"一步路就走到窑垴（窑洞的最里头）去了"。后来我听说茂叔是参加了"直通车"的，只是家里太穷，那时候"直通车"还不是老百姓心中的直通车，看病报销先得自己垫钱。农村像茂叔这样的老人很多，他们怎么舍得花钱住医院呢？除非是已经实在撑不住了。

有个流传的顺口溜说，在中国的偏远农村，农民是得不起病的：救护车一响，一年猪白养；住一次院，三年活白干；十年努力奔小康，一场大病全泡汤；小病拖、大病扛，病危等着见阎王。这么多年来，许多农村的老人，从心理上认为自己得病是给儿女们添乱，头疼发热从来就不当病，自己感觉实在是撑不住了才去买上两片药。在史家河的医疗点，卖得最快的就是服用后副作用很大的"止痛片"，这么平常的药品，老人们买回去，身体难受的实在是撑不住了，才会吃上一片。这样的结果往往是在小病时没有得到治疗，扛不住了却为时已晚。许多老人在医院里检查出重症来，要选择住院做手术时，他们总是思前虑后，最后还是选择回家保守治疗。回家怎样治疗呢？就是等待着死亡的到来。还有一位老人，他的坟地就在高安公路的必经之地。前些年，他得了病，子女们都在外面打工，他为了不给他们增加负担，选择了以"上吊"的方式结束自己的生命。其实老人得的病并不是不治之症，但是老人怕生病太久给子女添太沉重的负担。

就在我从村庄里回西安的路上，看到了这么一条令我忧心忡忡的新闻："自彬县2003年率先在全省试点新农合以来，由最初的住院统筹、个人账户模式发展到现在的住院统筹、门诊统筹、非住院特殊慢病、大病救助（儿童两病）、全口义齿、健康体检等多种形式的综合服务体系；个人缴费标准从刚开始10元提高到今年65元，各级财政补贴由20元提高到300元；乡镇医院的报销比例由45%提高到90%，县级医院提高到80%，参合群众受益水平得到大幅度提高，个人每年补助封顶线提高到15万元，2013年该县参合农民达289251人，参合率98.4%，参合人数较上年增加了3644人。群众参合率连续9年都稳定在90%以上，累计为111198名五保户、低保户缴纳新农合费用380多万元，有效解决了群众'看病难、看病贵'的问题，切实让农村老百姓感受到了'新农合'带来的实惠。"

在这289251人的参合群众里，有我的父母，有我的乡亲，他们都是黄土高原上一个个朴实无华、整天在土圪垃里刨食吃的地地道道的农民，被他们称为"直通车"的新型农村合作医疗可能就是他们还能报销一点费用的"救命稻草"，愿新农合为群众幸福加码，希望他们能在每天的阳光下，生活平稳，一切安好，这便是福。

上门女婿的"乡村爱情"

史家河是一个在大山的怀抱中孕育而生的小山村，三面环山，一面环水，山色青翠雄秀，水面五光十色，但因地理位置偏僻，山高坡陡，交通不便，村子里的许多家庭年人均收入不到千元，属于姑娘不愿意下嫁的"沟底下"和"坡里人"。老一辈的家中，常有四五个子女，女儿嫁到了塬上，环境和生存条件好，至少没有陡坡地，住的还是窗明几净的大瓦房；嫁女的彩礼远远不够给儿子娶媳妇，即使攒够了，媳妇的"苗苗儿"（指人选）在哪里呢？几乎没有几个女孩愿意再留守在这一片土地上了。史家河那时共有千余人，其中单身汉就有百十个，而40岁左右的年轻单身汉更多。村里的新生代也在减少，村里新生婴儿往往仅有几个，且包括二胎。

"咱这地形不好啊，穷得炕上就剩那床破棉絮了，这都怪我没能耐。"在史家河村三组，一个我管他叫表叔的男人说。我的表叔今年38岁，早已过了该结婚的年龄。很早的时候，他的父亲就因病离开人世，母亲拉扯着他们弟兄三个一起过活到了今天。有句俗话在农村广为人知："儿子娶媳妇，爹娘脱层皮。"老大结婚早，为了给老大娶媳妇，已经算是倾家荡产了一次。我听说表叔家连上辈人攒下来的银圆都卖了，多半粪篓的银圆，在北极镇集市的拐角里，收银员的人在风中用嘴吹下，就放在耳边听响声来辨真假。表叔苦笑着，他38岁了，没有文化和技术，只有干不完的力气活。他这把年纪了还没谈过恋爱，他不知道谈恋爱是什么滋味。在农村，动辄就68888、98888元的彩礼钱，看上去很是吉利和温暖，却成为天文数字而让人心凉。这个彩礼钱在各村各塝很是流行，却让他对梦想中的媳妇望而止步。如果再娶不到媳妇，那就可能要打一辈子光棍了。

在农村，儿子成婚，就意味着父母把人生中最重要的一件事情完成了。虽然，父母们为了让儿子成婚，不但要没日没夜地挣钱，还要跑断腿地找说媒的人，了解他们的手里是否有如意的人选，眼巴巴地甚至带着一些哭腔给别人说着求情的话，但即使娶到了媳妇，却往往会让家庭达到赤贫化。村庄里去年娶了两个女人，一个是村东头的老八家，花了近十万元，才娶回了一个身体有些残疾且有短暂婚史的女子。老八家儿子结婚那天，村子里剩下的为数不多的男男女女都跑去看热闹。唢呐声在鸣，猜拳声在响，老八家儿子穿着一套不是很合身的西服，西服上的三粒扣紧紧地扣着，像是把自己的身体紧紧地捆在原来的岁月里，无法放松下来。他和媳妇儿认识仅有三个多月，就在喧闹的唢呐声中将她娶进了门。三个多月，仅有三个多月，他经历了三十多年的岁月，就在这几个月把自己由单身变成了已婚。在吃饭的席间，同龄人都嘻嘻哈哈地和他开玩笑，说晚上洞房花烛夜的事。史家河村的人口簿上，从此多了一个人。

另外一个是田家的表叔，他"出嫁"了，38岁的他，把自己"嫁"给了千子沟一位死了丈夫的46岁的女人。田家表叔在千子沟煤矿挖煤，这是他唯一能把自己"嫁"出去的资本。这些年，彬县的煤矿大大小小几十个，从根本上来说，确实解决了许多男人原来想都不敢想的问题——挣钱。当然，这钱是用自己的汗水和生命换来的，自己挣来的每一张钞票上都印着自己的汗水和酸辛。田家表叔在煤窑里白班夜班换着上，属于那种挣钱不要命的类型。那个女人的丈夫原来也在这家煤矿挖煤，一次因为矿井缆车出了事故而失去了生命。女人养着三个孩子，大学一个，高中一个，初中一个，算得上是重负担的家庭。煤矿里有人看上了表叔，给那女人说表叔人还长得不赖，身板硬，力气大，是挣钱的一把好手。就这样，38岁的表叔就成了那个寡妇的第二个男人，成了女人三个孩子名义上的爹。有次他回村子来，我遇见他，开玩笑地问那三个孩子是否喊他爹，表叔只是无奈地摇了摇头。我看见他的外衣虽略显干净，但是里面的衬衫连掉了的纽扣都没有缝上。他是比我大不了几岁的男人，头发却已经花白。

他知道，那个女人已经做了绝育手术，他不可能会有自己的一儿半女。只要能找个媳妇，给自己做上热乎的饭就行了。可是我听说，表叔的老婆对他唯一的爱就是每月发了工资全部上缴，甚至不留下一半百的纸烟钱。表叔还有自己的老母亲，七十多岁的农村妇女还每天在山上给牛割草，栽果树，在山沟里开荒，春夏秋冬就那么一件连襟衣服，洗得已经看不出颜色。表叔的三个名义上的孩子也排斥他，吃饭不和他在一起坐，甚至还要和自己的母亲一起睡。表叔结婚了，有自己的老婆。一个38岁的男人，甚至还不知道女人味。

　　据一项调查结果表明，上门女婿的离婚概率高，上门女婿多半是异乡人，70%都是外省、市、县的，大多都是在外务工的农民工，双方都是在打工的地方相识，少部分是经过熟人介绍。这类夫妻相处时间短，20%只是在新婚喜宴期间共同生活，50%的夫妻一年只有五十天在一起生活。甚至有些上门女婿只有才结婚那段日子与家人在一起，后来就一去不复返了。汇总某县法院审理的民事案件中发现，所审理的离婚案件中，涉及上门女婿离婚的案件呈上升趋势。据初步统计，近四年来，该类案件在该法院占离婚案件的四成左右。2009年至2012年，涉及农村上门女婿的离婚案件与上年度相比分别上升3%、8%、13%、19%，以每年5.3%的速度逐年上升。该类案件的原告87.3%为女性，12.7%为男性，离婚率较其他情形的离婚案件高，审理起来的难度较其他情形离婚案件大，很容易激化矛盾，影响社会的稳定。说起原因，无非有二：一是男方自身的经济条件较差，不具备娶妻的经济能力。上门婚姻与传统的男婚女嫁相反，一般为男子家贫无力娶妻而被女方娶入成为女方的家庭成员。而想招婿的女方家庭经济相对较好，因此，与女方相比男方经济上处于弱势的地位，从而造成女方优越感明显。在经济上无话语权的环境下，一个男子愿意做别人家的上门女婿对其而言实属无奈之举，此举已为上门婚姻埋下了不对等的心结。二是女方招婿上门，主要是想招个年轻男子来支撑门庭。而男方最大目的就是尽快结束无钱娶妻的局面，虽然做上门女婿也不见得是多体面的事，但在有妻与无妻的抉择中，上门虽委屈但也比打光棍强。女方希望的却是得到一个强有力的后援，来支持和承担起新家庭的责任和义务。

网络、电视、报纸等新闻里经常有关于上门女婿因各种原因杀死人的消息。我在百度里输入"上门女婿杀人"几个字，找到的相关资料就达830000条。如"云南一上门女婿带人抢岳父连杀6人""德州市上门女婿为琐事杀死岳父岳母妻子"，等等，让人触目惊心。这对于广大农村来说，确实是一个不容忽视的社会问题啊。

难以抹去的痛楚

矿难，是一个充满痛楚的名词。每当看到这样的新闻时，我的心里就特别难受，甚至对于这样的新闻，我有发自内心的抵触，因为我从白纸黑字的文字里，嗅到了一股无法抹去的悲痛气息。

曾经读到过一个名叫曾颖的记者写的一篇文章《请不要和农民聊矿难》，令人唏嘘不已。有一天，她和电视台一位记者出去采访一个带着伤残老公出嫁的女人，他们的车在半路上出了故障，看见前面有两间茅草屋，他们一行人三步并作两步走过去，看见一个六十岁上下的老农正在那里编晒席，老农妻子正在准备猪食，刀砍在木板和菜叶上空空地响。他们为了和老农套近乎，从拉登袭击美国到以色列围困阿拉法特，一直聊到前两天吉林发生的矿难，有二十几个四川民工困在井下。正在聊天时，却看见一直埋头干活的老农停了下来，手中的竹刀开始颤抖。他白发苍苍的妻子轻飘飘地倒在地上，手中的刀很清脆地响了一声。他们把老农的妻子送到医院，医生对老人的病似乎很有把握，半小时的抢救后，老人终于醒过来了。忙活完的医生一面洗手，一面对他们说："这老婆婆经不起刺激。"他们说出了和老农两口子聊吉林煤矿埋了二十几个人的事情。医生说老人的两个儿子都在外面打工。在外面打工，也不一定就是啊！医生一脸正色说道："这年头，他们能捞着被采访的机会恐怕就只有家里人在外面死了，你想想吓不吓人啊？"记者一行问老两口的儿子是不是在吉林打工，医生说这倒不清楚，他上次抢救她时，好像是她听了广西出矿难的消息。他们这里通讯不方便，男人们出去打工，都像树叶一样，飘到哪儿是哪儿，960万平方公里土地上所有的矿难都会让他们的家人心惊肉跳。老太太算是抢救过来了，但是记者一行却流着眼泪踏上了归程。在路上，他们几个发誓，从此不再在农民面前聊矿难之类的事……

是啊，作为父母和亲属，十指连心，血浓于水，是需要多大的心量才能扛得起在外靠力气吃饭的孩子啊。这就好像我们每个人出门在外不给父母报平安的时候，他们的心里就总有一块石头重重地压着似的，这就好像我们每个人看着天气预报，总担心孩子们的衣服是否穿得暖和，是一样的心情啊。

县里有大大小小的煤矿十几个，村子里许多青壮年劳力都去了那里。他们上白班，上夜班，有的还为了多挣上一些钱，白班夜班连轴转。煤矿里总有大大小小的事故发生，有人丢掉了性命，有人受伤落下了一辈子的病根，他们在县里都被叫作"煤黑子"。听别人说，有矿工的女人跑去矿上找自己的男人，就在矿井的出入口等着，等呀等，等到男人下班了，从矿井里走了出来，但是她怎么也认不出哪个到底是属于自己的男人。从矿井出来的男人，都穿着一样的衣服，头上戴着一样的矿灯，脸上都是一抹地黑。自己的男人不是瘸子，也不是拐子，看上去每个人都有一口白牙。女人平时在家不好好过日子，此刻站在井口顿时放声哭了起来。她以前从来没有去过煤矿，丈夫曾经给她说过自己的生活，女人还以为是丈夫为了让自己别再大手大脚，言语里有夸大之词。等到丈夫洗澡出来，她才认出了自己的男人，他的手里攥着一堆脏衣服，她的手里提着一篮他最爱吃的洋槐花麦饭。

录子的死已经过去了好多年，直至现在，我的脑海里依旧深深地刻着他的儿子那一张委屈的小脸，那令人不忍正视的目光。孩子的目光和全国许许多多在矿难中失去父亲的孩子一样，会告诉人们他曾经受过的灾难。如果说平时害怕做噩梦的话，此时他多么希望这只是一场噩梦，因为那样醒来后可以拥进那宽大温暖的怀里，会有爸爸为自己擦干眼角的泪痕。那是那年的深冬，已经到了腊月二十三，偌大的史家河村却听不到一丝鞭炮的声音，深夜的风也骤然停止，整个村子死气沉沉，拉着录子躯体的卡车声音划破了夜的平静。大卡车头上两只明晃晃的大灯，照得史家河的沟沟洼洼都明亮了起来，又瞬间黯淡下来，继续进入夜的深沉。

　　录子的魂魄就这样回到了故乡。他不会再骑着自行车回来，几十里路上满头大汗。他死去的魂灵里，带着矿难发生的那一刹那的惊慌失措，以及疼痛走向了另一个世界，带给家人的却是无法言说的打击和创伤。六七十岁的父亲卧床不起，一个身高只有一米六的农村老汉，庄稼地里的活计压不倒他，他干得累了就狠狠地抽上几锅旱烟。但是正值壮年的儿子，就那样因为一次矿难永远地离开了这个世界，离开了自己，一夜间他黑发变白发，身无力气地卧床不起。录子那做了一辈子女强人的母亲，把整个大家庭里外拾掇得井井有条，乡间路上的一堆牛粪都要铲起来撒到自家田地里，如今整日哀哭不已，身心憔悴。直到现在，录子自己挖下的那几孔窑洞还在故乡静静地站立着，当年宽敞的梢门已经在风雨中腐朽了。一家三口的家庭，就这样因为一场瞬时的矿难，阴阳两隔。

现在，每当我回到家乡，看见的都是一片荒凉。山依然还是那几座山，满山的野草春生秋枯，梁还是那几道梁，村庄还是那个村庄，只是少了许多炊烟和狗叫。那条叫作红岩河的小河，不再清清澈澈，泥鳅翔游，水量已经小得如小溪般，潺潺流淌。这是故乡已经快要流干的眼泪吗？红岩河流经两个省上百个村庄，沿岸多少人靠它生活，曾经的一派田园牧歌，却成了我如今的故乡皈依。村庄里青壮年全部都已外出打工，远到北京、广东、江苏、新疆，近到县城、咸阳、西安、太原，甚至五六十岁的男人都出去了，剩下的只是一些走不动的老人以及为数不多的妇女和孩子。放眼望去，许多原来麦苗茂盛的土地都撂荒了，一些常年没有人居住的窑洞口上，已经坍塌的豁口不断。已经有好多人不再回家过年，回来干什么呢？种地一年糊不住口，在外挣上点钱，一年落个几千块，至少有个存款呢。许多人在周边的煤矿里打工，对他们来说，这也是一件好事，比守在家里更加穷困要好得多。他们在煤矿里能够挣上一笔钱，把家安在城里，当然是个最好的选择。然而，他们中大多数人还是要回来，等到干不动活的时候，回到自己有些憎恨但又无法摆脱的土地上来，这里有他们的祖坟，这里有他们的血脉，这里有他们能够蜗居的窑洞。总有一天，他们也会像现在留守在家里的老人一样，每天吃点粗茶淡饭，干完自己那一点农活，在农闲时坐在太阳坡里，晒着暖暖，讲着自己在外听到的一些与自己有关或者无关的故事。他们把自己的力气卖给了城市，换来的却是一沓越来越不够花的钱，等到拖着病体回到家乡躺在土炕上时，这也算是一种宿命。

村里除了录子，还有几个人在外面的煤矿或者工地上丢了性命。他们不害怕死，最害怕的是死了以后，家人不能把自己的躯体带回故乡。他们不愿意像城里人那样，死了之后进了火化炉，死在了家门外，让自己的后代抱着个一尺大的骨灰盒子，埋不到祖坟里。怀子就是在外地的工地上，从几层楼高的架子上掉下来丧命的。他掉下来时还有一些抢救的机会，他却给伏在身旁的乡党说，把自己拉回去。乡党们不敢把他送进城市的大医院，那里有交不完的钱，却花了一千多元，雇了工地没有手续的黑车，用他从家里背出去的红绒被子裹了，拉回了村庄。他离开村庄时，背上的蛇皮袋子里装了一条被子和几件换洗的衣服，没有想到的是，回来时却已丢掉了性命，用自己在外避寒的棉被裹了回来。三民也是其中一位，时间已过了几年，他的家已经没有了人烟。

那年三民死了，死在了西安的一家工地上，离过春节剩下了不多的日子。当这个难受的信息弥漫在村庄的上空时，天气始终阴沉沉的，偶尔有几片雪花孤零零地飘下来，落在人的脸上生疼。

三民在外打了多少年工，村子里的人也记不清了，甚至他的面貌已经有许多人记不起来了。只知道他的媳妇那高大的身板，每天需要用药来维持着，人称她为药罐子。三民死了的消息，是从彬县到西安的班车上传回来的。每天从彬县县城都有定点的班车，从开春后一车车地将外出打工的人拉出去，到了年关又一车车地拉回来。有需要捎话或者捎东西回家的人，就去找县城的班车。三民死亡的信息是栓狗一瘸一拐地跑到城西客运站去传话的。栓狗和三民在一个工地上干活，栓狗是水泥工，三民是小包工头，经常组织周围的村民外出打工。三民从别人手里把活揽过来，再找人干。栓狗就是三民从村子里找来的，他那时候是个手艺人，许多人家的砖混房都出自他的手。后来盖砖混房的人少了，栓狗的手艺也就慢慢失去了作用。当三民捎话回来在村子里找人的时候，栓狗正扛着锄头在自家的山地里挖酸枣树根。就那么几亩山坦，一年撒下的化肥都让布满山头的酸枣树根吸收了去，庄稼得不到营养他有的是力气，就把山地边上的酸枣树根一个个地斩断，头上冒着热气。

有人在山头上喊："谁去西安工地上打工呢？一天就四五十块钱，包吃住。"栓狗动心了，尽管他那时候得过肺气肿，但是出去挣钱总比在山头上刨食强。何况自己一顿能吃上三四个硬面馍，有的是力气。第二天，三五个人集合齐了，一大早背上蛇皮袋子，装上被子和换洗衣服，从高安公路顺着河川一直向高渠走。高渠通柏油路，有去西安的班车，这是栓狗第一次去省城打工。他的手艺荒废了以后，最多是在每年农忙时节，去永寿礼泉一带当麦客，或者在收苹果的时候，去塬上的苹果园里给人卸果子、装箱子，一天能挣上个一二十元。

到了西安，是三民在城西客运站接的他们，他们一下班车就坐上了三民带来的五菱之光，人和行李都挤了进去，满当当的。他们一起到了城郊的一家工地，面前是轰隆隆的搅拌机，水泥沙子混合着搅在一起。他们住在工地临时用旧砖垒起来的矮房子里，是通铺，每个人平躺着能放下自己的身板而已。矮房子四处都透风，里面充满脚汗和尿骚味，还有旱烟和劣质纸烟的味道。民工们从早上8时开工，到晚上6时收工，一共10个小时，中午除了吃饭之外，没有其他的休息时间。在一整天忙完了后，操着不同口音的男人们一起横排而睡。

工程进展很慢，日子一天天过去，转眼快到春节了。可是三民还没有给跟着干活的弟兄们一分钱。分包的老板跑了，这是大家在寒冷的风中等了十几天等到的唯一消息。三民后来死在了工地的蓄水池里。是起夜上厕所掉下去的，还是其他，到现在谁也说不清。只是那天早上起来，兄弟们没见到他的人，后来便在水池子里发现了他，薄薄的冰层里，他全身已是冰冷如冬。栓狗给村子里捎了话，并在半夜里把三民拉回了村庄，他成了三民死亡后最后的见证人。他们如虫子一样，活在城市的最底层，却没有在这座城市里站稳脚跟。

2014年5月的一天，西安各大报纸上一条题为《两年讨薪无果农民工跳楼身亡》的新闻，震惊了我。在这个城市里，每天都会有类似的信息充斥着人们的眼球。新闻说在城南某楼盘，清晨6时许，一位47岁的民工包工头在向楼盘开发商讨要工程欠款300多万元无果后，遂跳楼身亡。遗物里有打火机、身份证、公交卡、遗书和一张五角钱纸币。信是这样写的：

×××（姓名因故略去），一个人可以拯救一个家庭或一个团体，也可以毁灭这一切，忘（往）事不堪回首，从2007年冬季我们给你干了五年活，你出尔反尔，维（为）富不仁，逼的（得）我如同行尸走肉，有家不能归，而你吃的喝的，仁豪宅，开的名车，那（哪）个能离开我们民工呢。当你大摆酒席庆贺时，我们民工的工资在那（哪）儿，你把社会的财富变为己有，你能安心吗？基督佛法如来，是让人们来遵守的，不是让人来玩弄。朗朗天空，你肆（视）法律为儿戏，肆（视）我们民工为草芥，哀哉！哀哉！

死者的哥哥对记者说，当时的承包合同上已经明确规定要及时还款，但开发商始终没有兑现承诺。"300多万中有100多万是欠农民工的工资，而大多农民工还是宝鸡老乡，因为无法支付，弟弟三年都不敢回老家。"另外，当年为了凑齐工程款，弟弟通过银行和朋友借了150多万，这几年一直被追债。

就是这么一个在外闯荡的男人，他带着一群自己的乡里乡亲在这座城市里，如乡村的麻雀一样，每天起早贪黑，干着最累的活，最后却没有觅到食。这是多么无助，他要面对自己的弟兄，他们每个人都要赡老养小，却眼睁睁地无法领到工钱。他无法要到工钱，便无法再回到家乡，陪自己的父母聊聊天；也无法再回到自己的家，给孩子媳妇儿讲讲外面的世界。

有人在外死去，依然有更多的人挤上去城市的客车。听村里人说，邻村又要开一座煤矿，已经开工，来自官方的数据是总投资35亿元，建成后年产煤可达500万吨，年利税17亿元，同时可提供劳动岗位3000多个。后来，我在省城的报纸上看到，这座煤矿排放的大量污水、毒水严重破坏了山体植被，导致了严重的水土流失，大片土地、路面崩塌，山体严重滑坡。而在这座煤矿的下游，就是"人畜饮水工程"红岩河水库，目前正在建设。矿难，能够迅速夺取一个人的生命，而煤矿排放的污水，给我的家乡还要带来多少伤害呢？在中国的乡野，在西部的黄土高原上，农民们何止千千万万，他们的命运又是怎样的呢？村子里无数的男男女女、老老少少，现在逃离了村庄，等失去劳动能力的时候，回家的路又在何方？他们的未来怎样才能挣脱中国农民一直承受的宿命怪圈呢？

年轻男女的"急速"爱情

彬彬和我一样大，没读到六年级就辍学在外打工。他上过新疆，下过广州，去过西安，听说现在在江苏的一家电子厂打工。作为同龄人，彬彬小时候是班级里最调皮的人，不喜欢学习，在课堂上常常做鬼脸，让老师很是头疼。他经常挨老师手里的棍子打，但挨过后又继续放肆起来。他不仅在课堂上坏，下课后在放学的路上还扯女孩子的辫子，吓得女孩子总是三五成群地抱团回家。其实彬彬也是个懂事的孩子，在周末或者假期里，北极镇三六九逢集时，他常常在街上卖冰棍。二八加重自行车后面的座子上，捆着个木箱子，装满了方方块块的冰棍。他从黄畔村每根两分钱批发来，到集市上卖一毛钱一根，销量甚好。那时候彬彬个子低，屁股还够不着自行车的车座，他就把身体的重心落在自行车横梁上，屁股左右来回扭着，一上一下地向前。

他过早地进了社会，也过早地成熟了起来。初中毕业时，我还没有去过县城，彬彬已经是全国各地四处跑。这里打工不合心意，听别人说某某地能挣下钱，一句话不说就会背起铺盖卷儿去。对于农村人来说，要想改变自己的生活，无非就是两条路：一条是上学，知识改变命运；另一条是打工，勤劳改变现状。靠上学走出的人无疑更加幸运一些，户口从自家的农民户口本中消失，在城里干一份体面的工作，算是吃上了商品粮，生活有了一些保障。打工的人就稍微难了一些，不出去，在家没事做，出去了，偌大个城市却没有安身之所，干完了这家去那家，过着他们在城市的流动生活。年轻人离开村庄，不是为了逃避贫困，也不是憎恨自己的这片土地，而是以背井离乡的勇气，去追求在城市里属于他们的那份机遇。

彬彬到外地打工，一般情况下，每年春节回家一次。那时候，他回来四处跑着玩，穿着崭新的衣服，头上打着发蜡，油光锃亮的，骑着摩托车走亲串友。而前几年，他回来短短十来天，作为一个未婚青年来说，确实是一个不愿错过的假期。每到此时，邻居、亲戚和一些热心的红娘，便开始忙着给他介绍对象，有时他一天要相几次亲。有次他笑着说，他自己都看花眼了，不知道哪个女娃娃好。他说的好不是好看，其实他的内心也很迷茫。他见的姑娘家都出落得如花似月，但是媒人们带着他，赶集似的，东家出来，西家进去，他实在是没有和姑娘们深入了解的机会。

回到家，家人、亲戚、朋友、媒人都问他看上了谁。他不知道怎么说，似乎也说不出哪个好。他觉得邻村的阿兰还不错，个子高高的，头发黑黑的。有了他的话，说媒的人就开始传话，彬彬的终身大事就这样匆匆地确定了下来，随后就忙着送彩礼、登记、办酒席、结婚。他甚至有时候都不相信自己，一个人的热炕，怎么就一下子多了一个人，况且那个人就是他法定意义上的媳妇，要和他过一辈子。

这些年，随着大批青年农民外出打工，他们对婚姻有了新的认识，传统婚姻基础受到强烈冲击，因打工造成的两地分居和双方地位的落差，促使婚姻当事者开始重新审视自己的婚姻。彬彬和阿兰这对年轻的小夫妻，带着新婚的余温，都渴望能在一个地方或一个单位稳定下来。可现实情况却难如人愿，阿兰上了深圳电子厂的流水线，彬彬却在珠海跟着乡党们做装修，小两口只好过着牛郎织女般的生活。 在深圳电子厂上班的阿兰，月收入3000多元。在她多次要求下，彬彬到了深圳，一个月也没有找到工作，只好靠妻子"养"着。妻子每月只有那么点工资，除去房租、水电、吃饭以及日常开销，经济十分紧张。日子长了，妻子开始埋怨丈夫在家吃闲饭，不像个男人。 听够了妻子的唠叨，彬彬也进了一家电子厂，找了份收入不高的工作，妻子又嫌他挣得钱少。两人口角越来越多，感情越来越糟，裂痕也越来越大。彬彬一气之下又回到珠海，和乡党们一起继续干装修。开始，两人还通通电话，后来便进入"冷战"阶段，谁也不理谁。年底回家时，两人办了离婚手续。

在这里，再说说村子里的毛毛。毛毛是农村打工妹潮流中的一员。毛毛自幼父亲多病，母亲一个人伺弄着家里的五亩薄地，姐妹兄弟四人，她早早地就离开了学校。父母都是文盲，常说女孩子书读多了没用，到底还是女娃，找个好人家才是这辈子的大事。十七岁那年，家里给她介绍了个大自己十多岁的男人，腿还有点瘸。毛毛不愿意，就选择了离开史家河，她不想把自己的命运拴在一个身体不健全的男人身上，她想去外面的大千世界里闯一闯。她认为梦想开始的地方，就是大山外的城市。她莽莽撞撞地先是去了西安，在一家餐厅里端碗洗盘子，包吃包住，一个月才能挣上800元。从早上九点开始上班，到晚上最后一位客人离开，两条腿不停地穿梭于不大的餐厅。这种单调的生活中，唯一令她兴奋的，就是拿到工资的那一刻。当第一次拿到钱的时候，她把那八张百元钞票足足数了十来遍。这在农村的家里来说，是几亩粮食的价钱，是母亲养了整整一年肥猪的价钱，虽然这800元还不够在他们餐厅里消费的人一顿饭钱。就是这每月仅有的800元，她都整整齐齐地攒着，舍不得为自己添件廉价的衣裳，或像别的女孩子一样，买上一堆零食，等待着消停的日子来慢慢享用。

就在一月月地攒着一个个800元的时候，村子里的人捎话来，说母亲查出了病，让她回去。她便辞工回家了。母亲说得病是个借口，其实是想让她回去找个婆家，早早地嫁了。回到家，她几乎像个待售的商品，每天上门相亲的人能踢断家里的门槛。连续见了十几个，她都觉得不满意。母亲说她傻，在城市里生活了几年脑子进了水。人家南塬张家堡的男娃人虽然长得一般，但是家里有五间大红瓦房，苹果树好几亩，这几年苹果销路好，一年还不收入个上万元；人家林家河的小伙子长得一表人才，家里又在柏油路边开了个代销站，生意也算红火，自己嫁过去了就是老板娘；等等。其实毛毛自己心里有杆秤，就是婚姻虽然不求轰轰烈烈，但是起码彼此也得欣赏吧，得有个眼缘。她不敢在母亲面前说爱情，在农村先结婚后培养感情的婚姻是大多数。只是如果两个人彼此都没感觉，即使在一起过活，还不是太煎熬人了？毛毛的爱情婚姻观，是她这些年在城市打工时，经过认真观察得出来的结论。在她原来打工的餐厅里，经常来吃饭的青年男女，两个人坐在一起，菜没点多少，但是从两个人的一举一动里，还是那么的含情脉脉；还有那些和父母一样年龄的城里人，在一起吃饭时让人能够深切地感受到爱意浓浓。她不知道父母之间是否有爱情，他们的爱情是什么？是父母因为给他们兄妹们交不起学费而吵架吧？是母亲一个人在田间劳作了一天，回到家里还冰锅冷灶而唠唠叨叨吗？情窦初开的毛毛不敢问自己的母亲，只能困惑着。

据国内首份《新生代打工者婚恋交友、两性观念调查报告》（上海版）显示：婚恋情感问题已成为困扰年轻外来务工者的首要心理问题。他们普遍面临包括收入低、缺乏交友渠道、流动性强等障碍。成家立业本是人生大事，而对于国内近1亿的新生代外来务工者来说，这件美好的事却有些沉重。 他们渴望爱情，所得到的往往是非正常的"爱情"；他们需要欢乐，却往往得到的是肆意的宣泄。他们欢乐、痛苦、节制、放纵、希望、失望……

当越来越多的打工仔、打工妹汇入滚滚的"打工大军"，用自己的青春、勤劳、智慧为社会、为国家创造财富的时候，他们在远离家乡的都市里，却不无尴尬地发现，尽管自己在生理、心理上对爱情、婚姻都有着迫切的需求和超乎寻常的渴望，但他们还是成了被爱情遗忘的边缘人。而如何把握自己，选择最适合自己的那一份真情真意，拥有属于自己的那一份幸福爱情和婚姻，这对于每一个人来说，既是一次难得的机遇，也是一种潜在的挑战。

那个畸形的计划生育时代

据1981年的《参考资料》转载，英国的《观察家报》曾刊发文章《中国实行强制流产》，讲述了发生在广东地区的一起总数为四万七千名妇女被强制流产的故事——"一些妇女被骗出她们的村庄，用卡车载到当地医院……无论这些车辆到哪里，怀孕的妇女们都惊恐万分。汽车里充满了号啕的声音……妇女们被戴上手铐或装在猪筐里送到医院。每个受害者被强迫支付自己的运输费和她们的看护费，有些看护是武装人员。怀孕的妇女要经过批准，她们的名字被列入'犯人'一类……那些拒绝流产的人发现她们的水源和电源被切断，大门被查封；要交出等于几年工资的罚款；没收电视机、自行车和其他私人财产。如果妇女们逃走，他们的丈夫就被关起来，直到他们的妻子返回，并且做了流产为止。"

就在我开始写这篇文章时，在十八届三中全会上传来了好消息：以允许夫妻双方一方为独生子女的单独家庭生育二胎为契机，逐步调整完善计划生育政策。这是2013年12月，我已33岁，已经到了一个晚育的年龄，但我不得不回想起记忆中那个计划生育的畸形时代。

先说说那时候在村庄的房前屋后、老庙背墙上刷的一行行有关计划生育标语的大字。村子里小学的老教师辛全占是个响当当的人物，他教书多年，粉笔钢笔毛笔字都写得行云流水。在课余时，他常常被安排端着脸盆，脸盆里是勾兑好的广告色，一笔一画地在只要能写的墙头梁上，写下那些至今让人记忆犹新的标语：

该扎不扎，房倒屋塌；该流不流，扒房牵牛。

少生孩子多种树，少生孩子多养猪！

山区人民要想富，少生孩子多种树。

结贫穷的扎，上致富的环。

经济搞上去，人口降下来。

少生优生、为国立功。

20世纪80年代，村子里强制适龄妇女做节育手术，计划生育工作也是村里镇里最重要的指标。"抬门扭锁，鸡鸣不留"，这句话最能形容村干部、乡镇干部那些年的做法。常常是村镇干部倾巢而出，冲进一个适龄妇女家中的时候，男女主人公早已望风而逃，那些年，这叫"躲计划生育"。往往是怀孕的妇女出去走亲串友，几十年从不来回走动的远房亲戚家都走了个遍，就是为了生下那个孩子。

据《彬县县志》记载："1986年10月，北极镇政府被评为全国计划生育工作先进单位，受到国家计划生育委员会嘉奖。"

栓牢今年50来岁，有四个孩子，两女两男。大女儿和大儿子现在已经成家立业，他已经是一个当了爷爷的人。就在20世纪90年代初，他想起计划生育那些事，还是难受得直摇头。他家是双女户的时候，村上镇上的干部就追着他四处跑，要求他的媳妇结扎。直到后来媳妇生下了两个儿子，他才安安生生地从外面的世界回到了村子里。说起在外面的那些年，他口口声声地说和逃难的犯人差不多。犯罪而逃的人，大多听见警车、看见穿警服的人，双腿就直哆嗦，能跑则跑，能溜则溜；躲避计划生育的人，见有人敲门进屋犹如查户口，恨不得自己的老婆三天两头就能怀上，赶快生个小子出来，即使被拉去送到镇上的计划生育手术台也心甘情愿了。栓牢人躲起来了，可是家还在，家里的粮食还在，家里的牲口、能变卖的财产还在。大门往往是上了一把铁将军，可是这把无辜的铁锁怎么能扛得住一群男人的力量呢。记得那时，有一天早上起来，家门口的场院上放满了粮食袋子，庭院的树上拴满了牛羊，甚至场院里灰基块支起来的铁锅里还熬着米汤。这些都是村镇干部忙碌一夜，从栓牢和其他几户人家里得来的"战利品"。他们为了找到男女主人公，就将这些家庭的东西带了去。在外躲避的人回来了，家里已经是门上没有了锁，粮囤里没有了粮，牲口圈里听不到牛哞哞，要到镇上要回这些财产，妻子必须做节育手术，或者接受随口就要的罚款。

国家提出的口号是"晚、稀、少"，即晚育、拉开生育间隔、少生孩子；后来则将"少"具体为"一个不少，两个正好，三个多了"。再到后来，就是一对夫妇只能生一个孩子。大部分农村人传统的思想和对男孩的依赖，造就了第一胎第二胎都是女孩时，还要生第三胎，直到生个男孩出来。在中国的农村，在史家河这个偏僻的小村庄里，父系血缘传承制，讲求子承父血，孩子统一随父姓，非儿子不能传宗接代，没有儿子就是绝户头。一个爷爷辈儿的人给我说，为什么大家都一定要生个男孩呢？你看看咱们这里的地形，如果你想把架子车从坡里拉下去，一个女娃娃家能扶得住车辕吗？也就不用说犁地耕种这些更需要力气的活计了。爷爷辈儿的人其实说得对，细细想也确实是这个理。

据国家统计局统计，中国男女婴儿性别出生比接近120：100。这意味着将有4000万光棍被判"无妻徒刑"，设想一下，平均每个县就有一两万光棍，社会治安道德风尚还怎么维持？这会大大诱发买卖婚姻、拐卖妇女、强奸等恶劣犯罪。此外，心理的怨恨会使他们变成绝望的阶层，成为群体暴力犯罪的潜在人群，增加社会不稳定因素。中国的计划生育已经35年了，独生子女政策也已经26年了，中国总体生育率低于世代更替水平也已经15年了。中国现在是9至10个劳动人口对应一个65岁以上的老年人口，而到2045年将是两个劳动人口对应一个老年人口。

第六次人口普查的统计数据经人口学者分析计算，已经勾勒出一幅令人担忧的人口图景：中国60岁以上的老人占总人口比例已经达到13.26%，并且还在迅速增加；而0—14岁的少儿占总人口比例迅速下降，五年下降6.29个百分点，达到16.6%的新低。

根据联合国制定的标准，一个社会60岁以上人口超过10%即为老龄化社会；根据人口学统计标准，0—14岁人口占比15%—18%为"严重少子化"，15%以内为"超少子化"。中国人口已经出现老龄化与少子化并存的结构特征。这意味着，未来中国将面临严峻的养老困局。

曾因周正龙假虎照事件而全国闻名的镇坪县，在2013年的夏季又着实"火"了一把。已经怀孕七个月的冯建梅，因为交不起生二胎的4万元罚款，被曾家镇政府的二三十名工作人员押到医院后，医生为她注射了一种叫作依沙吖啶的引产剂，造成胎死腹内。事件被媒体曝光后，引发轩然大波，得到了社会广泛关注。后来在当地处理的通报是："镇坪县曾家镇政府对冯建梅政策外怀孕实施大月份引产，违反了国家及陕西省人口计生部门关于禁止大月份引产的规定，要求冯建梅及其家属交纳4万元保证金无法律法规依据。曾家镇政府有关工作人员，在动员冯建梅终止妊娠过程中，违背当事人意愿，工作方法简单粗暴，造成了大月份引产的责任事件。这起事件，充分暴露了一些基层干部依法行政观念不强，以人为本、执政为民的意识淡薄，执行政策水平低，影响恶劣，教训深刻。"在20世纪80年代末和90年代初，全国计划生育工作如火如荼地开展之际，注射雷凡诺针剂及钳刮术等强制性节育措施都曾被大量应用。

自1997年国家出台"七不准"政策，禁止强制性计划生育手术之后，就已经很少用了。但在农村的许多地区，这样违反政策的情况还依然存在。尤其是计划生育工作人员作为党和国家的工作人员，很少学法，不依法办事，而且手段粗暴，为运到简单的目的给当事人造成了一辈子的创伤。因为计划生育而导致血淋淋的悲剧，不知在全国各地上演多少？

前不久发生在河北的事件更是令人惋惜。村民艾广栋因超生交不起社会抚养费而在村支书家一口气喝下了甲拌磷农药。是什么事情让这个45岁的汉子这么果断结束自己生命呢？仅仅留够口粮，卖完了7000多斤玉米的他，换来的是薄薄的6220元，而这钱还要交给村干部做计划生育罚款，因为按照当地官员说，根据《河北省人口与计划生育条例》相关规定，艾家有三个孩子属于超生，即使按照父母单方收入，社会抚养费至少也在10万以上。10万元对于一个只能让一家人糊口的男人来说，无疑是一个想都不敢想的天文数字，从而逼他走上了一条人生的绝路。这个为了生下一个男孩的农民，这个45岁的农民，生前靠7亩地的收成养活了五个孩子，留下的却是到处是裂缝的寒屋，还有几个不懂事的孩子。这位农民莽撞地以自己的生命作为代价，换来的是四个未成年子女解决了上学问题、县政府承诺帮其家人申请五个低保名额、艾家争取到了县里的农村危房改造资金。孩子们有免费的学校可去了，家里的房子也会修好，看上去是一件很圆满的事情。可是，当孩子们慢慢长大懂事后，当这孤儿寡母的一大家子人仅仅依靠低保生活到将来，他们的出路在哪里？如果有一天，这些孩子知道了今天发生的这一切，还有过早失去的父爱，这是一件多么令人痛楚的事情。

自杀是不是一种解脱

二娃死了。他是我的父辈，出了五服的远房伯叔。我心里一震，为什么呢？我去年这个时间还见过他的呀。六十几岁的老汉了，虽然有糖尿病等病在身，但是人的精气神儿还是那么好，说话声腔大，旱烟锅不离口，他是村庄里的热火人。

他是在2013年农历九月的一天，喝下了半瓶农药。史家河离镇上远，手机信号忽有忽无，从不稳定。即使拨打了120，救命的车子从镇上出来，翻越沟沟洼洼，绕过盘山的土路下来，至少也得一个来小时。村子里反有的几个人便把他抬到拖拉机上，用被子卷住，突突地拉着向镇上跑，拖拉机冒着黑烟，还没爬完坡人就已经没有了气息。拖拉机又突突着进了村，在村庄里生活了六十多年的人，就这样悄然无声地用自杀的方式，终结了自己还没走完的坎坷之路。初冬的阳光有些柔弱，草木的四肢在尽情地伸展了大半生后，叶子渐渐变得无精打采。一丝丝带有寒意的北风，抓着未落下的叶子无情地摇曳。一阵阵哭声，沉重地落在空旷的田野里，落在对面的高渠山上，落在十二洼石板岩，显得有些无助。只听见哭的人拖长了声音，一句不连一句地诉说："你死了我咋办呀——谁给我娃当大呀——我娘俩以后靠谁呀……"听上去悲悲戚戚、抽抽噎噎。人可能就是这样，在你身边真正拥有的时候却不知道珍惜，当阴阳两隔时，后悔已经来不及。二娃叔一辈子是个命苦人，从小拉长工放羊喂牛铡草犁地挑粪，吃尽了苦头。二十来岁时娶了邻村一个罗圈腿的大姑娘，大半辈子都住在狼渠沟达上的半截窑里。

到了夏天，乾县礼泉一带的麦子熟了，二娃叔就和村子里的其他人一起出去当麦客，背着利刃的镰刀活跃在关中平原这片辽阔的土地上。关中平原光照时间长，所以麦子成熟得早，而高山地带光照时间短，麦子就成熟得晚，他们算着麦黄的时差，从一个地方赶往另一个地方。背上背着几个软面馍，最重要的是还要有一把锋利的镰刀，这是他们出门挣钱的工具。能不能赚下钱，就看有没有一把好镰刀，刀利落，割起麦子来就轻松，而且能赶得出活。二娃叔在夏天黎明前微弱的光影中开始了一天的劳动。他在黎明的天色中快速地挥舞着镰刀，麦子在镰刀的嚓嚓声中纷纷倒地，当太阳出来的时候，已经割下了一大片的麦子。为了赶时间，吃饭多由主人家送到田地间，他就蹲在田间地头，三下两下将饭扒拉完，搁下碗，顾不上歇息，又拾起了镰刀。看着一片片在他们手中倒下的麦子，他们的脸上就会浮现出满意的笑容，一亩麦子割倒就是几十块钱呀。一天下来，腰酸背痛，疲惫不已，吃过晚饭倒头便席地而眠。到了该种秋粮的时候，他的扁担一头挑着犁，一头担着耱，手里牵着养得膘肥体壮的骡子，给别人上门犁地挣钱。不会种地的人们都喜欢让他撒籽种，他将一把把籽种攥在手心里，一把把地让籽种从指头缝里溜出去，落在村庄肥沃的大地犁沟里。过不了多久青苗从地里爬出来，睁开了双眼，高低均匀，稀稠有度，争先恐后地吮吸着雨露，满地绿油油一片。可是，他现在却猝然离开了这个世界。史家河的村庄里，再也听不到他夏天里割麦的嚓嚓声和秋天里犁地吆喝牲口的粗犷声音……

二娃一辈子生了四个闺女，第四个比第三个还小了十来岁。村里人都知道，他是抱着最后一丝的希望，想生个儿子。可是我的婶子，一个快四十岁的农村妇女，能生下来个孩子，说明她在每天繁重的农活背后，是用尽了最后的繁殖力。男人们都说女人的肚皮不争气，婶子就曾经南北二塬地跑，找神婆子，找占卜的人，上香拜佛，看看自己这把年纪了，命里是不是还能有个儿子。生儿子这事，确实是令她心焦了好几年。在一个冬天，她从杜家岸抱养了个儿子，活了半辈子的他们又开始拉扯孩子，起名“聚金”。杜家岸在泾河河川道的拐角处，住在河川里的人种菜起家，多能致富；住在半山腰上的人，喝口水都是问题，日子过得甚是恓惶。聚金的生父两口子稍微有些智障，家住在半山腰的窑洞里，日子过得是夏天里溜篾席片儿，冬天里七八口人只有一床被子，就够盖住脚。聚金排行老五，生下来就养活不起，只能过继给别人。二娃大自从聚金进门后，确实是扬眉吐气了一阵子。白天里放羊，一是为了聚金每天能按时吃上羊奶，二是吃了青草的羊奶水充足，聚金吃了后身体能长得壮实一些。总之是不能让娃进了咱的家门来受罪。他知道自己有了儿子。在农村，许多正在育龄的男女背井离乡、东躲西藏就是为了生养个儿子，为自己传宗接代，等自己老去的那天，摔送自己灵魂归天的纸盆，为自己的棺材抔上几锨土。

二娃养活了聚金十九年，二娃喝农药死了，不知道是"敌敌畏""乐果"，还是吃了老鼠药，总之还没来得及送到医院，人就已经没有了气息。他死后，家旦仅有半瓦瓮小麦面，没有几百元钱，只有他前些年咬紧牙关盖起的三间土木结构的瓦房，是他这辈子最后的遗产。二娃患有糖尿病，常年吃不起药，自己被病痛折磨着，养子聚金却整天游手好闲，且智力低下，整天在村子闲逛。二娃快七十岁的老人了，有自己受不完的气，操不完的心，动不动还得吃聚金的拳头。二娃选择了死，他义无反顾地选择以非正常的方式，结束自己走过的这一生的漫漫之路。二娃死了，家里穷得挖不起坟，买不起棺材，杀不起猪，有人建议已经出嫁的四个女娃每人出一点，四个女娃异口同声：没钱。在彬县一带，父母去世，作为儿子都要头顶瓦盆送葬，人称顶纸盆。盆内盛着烧过的纸灰，出门在十字路口把盆摔碎。它表示婴儿脱离母体分娩后，在盆中清洗，如今亲人去世，儿子顶礼葬送满盆资财，以报分娩之苦、怀养之恩，顶盆思亲报恩，犹如乌鸦反哺、羔羊跪乳之情。同时，儿子顶盆还包含着顶门立户，继承父母遗产的权利。十九岁的聚金在村庄里见过很多葬礼，都是吃吃喝喝玩玩，图个热闹。可是当自己的养父下世，他在堂兄手把手的说教下，进行着一项项作为儿子应为逝去亲人举行的规程性义务。他把纸盆举过头顶，摔在了地上。唢呐声声，悲戚得催人泪下，不多的孝子们扯起一丈多长的白帐，牵引着拖拉机上的棺木慢慢前进。自从我记事起，人去世后，棺材都是精壮的劳力抬到坟地里去的，但后来随着村里青壮年劳力的陆续外出打工，村里的青壮年劳力越来越少，已经无法将棺材抬到墓地了。一副棺材，轻则几百斤，重则上千斤，将棺材捆绑在两个长木杠上，大头最少需要六个壮男劳力，小头需要四个壮男劳力，又因棺材在中途不能落地，还需有十个壮男劳力进行轮换，村子哪还有这么多有力气的男人呢？

在史家河，无论一个人活着的时候做过什么坏事，或者日子过得有多么捉襟见肘，在闭上眼走向了另一个世界的时候，活着的人都必须给予最高的尊重。村里有句话："人都没在世上了，埋人事大，其他事小。"二娃的大哥还活在世上，人又有名望，侄子们就每人掏了钱，给自己的叔父置办了棺材、寿衣，才使得二娃入土为安。二娃是村里用自杀的方式寻求解脱的第几个老人？这些年，至少有五名老人非正常离开人世。他们有的选择服毒，有的选择上吊，还有的选择跳崖。有一年，喜红叔在自家不远处的一棵核桃树上上了吊；金奎叔在自家果树地里喝了农药；还有许多老人患病扛着不去治疗，只能在家受罪等死。这些死亡的人，不是因为生了病不想给儿女添麻烦，就是心理孤寂或与子女们不和。有些人老了，已经种不了地，儿女又常年在外地打工，一年回来不了几次。种了一辈子的地就这样荒芜了。当农民却不再种地，在老一辈人的心目中，这属于不过日子的人。有的老人一年四季极少吃蔬菜，自己种下了，吃一点，或者别人给些了，尝一点。他们几乎没有什么经济来源，生活的正常开销都无法维持，还要花费难以承受的医药费。在许多老人共同的生活轨迹中，自己应该"为减轻家人的负担，一直干到老死"，这才心里安稳些，觉得自己一直在创造着生活，没有给别人添麻烦。

据有关数字统计：近年来，老年人的自杀率越来越高。目前每年至少有10万55岁以上的老年人自杀死亡，占每年自杀人群的36%，老年人已成为中国自杀率最高的人群。

2009年，世界卫生组织（WHO）的《全球性医学研究报告》指出，世界各地每年约有100万人死于自杀，其中约有三分之一发生在中国；中国的自杀死亡者，80%来自农村。

守护乡村学校的孤寡老人

学校空了，仅有的三个学生也被父母接到打工的城市上学去了，学校门上挂了一把锁，这把锁成了守门人。《农村教育布局调整十年评价报告》显示，2000年至2010年，在我国农村，平均每一天就要消失63所小学、30个教学点、3所初中，几乎每过一小时，就要消失4所农村学校。对十省农村中小学的抽样调查显示，农村小学生学校与家的平均距离为5.4公里，农村初中生离家的平均距离为17.47公里。

看到这些数字，我想起了自己的求学路。史家河小学原来是六年制，学校就在我家门口不远处，我那时总是在下课的十分钟内跑回家里，看看母亲做了哪些好吃的，狼吞虎咽地吃上几口就跑了。甚至她用热油刺啦一声泼熟油辣子的声音，我都听得一清二楚。读完了初小，学校的五六年级就被撤销了，我只好踏上了几十里外的求学路。五年级时，我去镇上的中心小学上学，每天背着干粮，晚上就藏在中学的男生宿舍里。之所以说是藏，是因为那里没有我的固定床位，每到晚上，姐姐就乞求着给同班的男同学说好话，让他们收留我。要写作业的时候，我就趴在中学老师办公室外面的窗台上，不敢窸窸窣窣，甚至正常的呼吸都收了起来。我担心那些老师们出来撵我，嫌一个和窗台一样高的孩子借了他室内的光，听了他们在室内说的话。

上六年级的时候，中心小学的借读费达到了120元，这是一个天文数字啊，我只好又转了学校。依旧是背着干粮吃，饥一顿饱一顿，夏天馒头发霉，黑色的毛毛长得老高，就偷偷地擦掉一口口地吞下去。冬天里，连续下了几天的雪，已经积得很厚，而我早已断炊了。口袋里没有一个馒头，即使它是发霉的，对我来说也是一种食粮，而不至于肚子整天咕咕叫着。每天放学，我都自私地站在学校门口，甚至埋怨父母为什么不出现在学校门口，他们的背上一定背的是热腾腾的大白馒头。雪很厚，已封山，沟已经不再是沟，塬已经不是塬，路已经不是路，整个世界成了雪的混沌世界。

每天放学后，我得先给自己把炕烧烧热，这是在寒冬天气唯一能取暖的地方。我一直在自私地等待着母亲送馒头来，不时地望着学校大门口，简直是望眼欲穿啊。快到了腊八节，学校对面一户人家有人去世，是个三十来岁的男子，喝了农药。村里人跑着拉到医院，还没来得及抢救就已经瞳孔放大，没有了办法。我眼睁睁地看着他的尸体从街上拉回来，路过了学校门口。他的身体上卷着被子，一家人都有流不完的泪。那天我放学就跑到那家吃了饭。在农村的红白喜事上，村上的人都来帮忙，大人还带着孩子，孩子跟在后面看热闹。我是个上小学六年级的孩子，混着吃饱了一天的饭。

就是那年冬天，我还做了一次贼。记得在那个雪下得很大的夜晚，我在为第二天去镇上参加奥林匹克竞赛做准备。自己生了火，用湿着的柳木棍烧起了火炕。柳木棍子噼里啪啦的火苗给我带来了温暖。第二天早上吃什么呢？还要去镇上参加考试。我把期望的目光投向了学校的厨房，那里面的蒸笼里有雪白的大馒头。我不知道我是怀着多大的勇气，或者是饥肠辘辘的本能，推开了学校厨房虚掩的窗户，伸手进去拿了三个大馒头出来。窗外下着雪，这是即将进入腊八节的学校，地上的雪落了一层又一层，在白炽灯的照射下，是那样晶莹剔透。三个大馒头就小心翼翼地捧在我的怀里，是多么的珍贵。一望无际的土地上，满地的小麦苗已经盖上了厚厚的被子，偶尔有几声犬吠。那次竞赛的成绩我已经无法记起，但是过了二十多年，我依旧能记起那三个白面馒头，酵匀酥软，散发着无尽麦香，我还有些舍不得一口气吞下肚子。这是我至今唯一一次伸长了手去干偷偷摸摸的事情，但是能摸到几个救命的馒头，也算是谢天谢地了。

那时候在史家河小学，老师们在有学生的人家轮流吃饭。从第一村民小组开始，直到第四组。一学期下来，所有学生的家里都轮了个遍。谁家婆娘的茶饭好，能把饭变着花样做；谁家媳妇不是蒸馍就是米汤，顿顿都是一个样，老师们的心里一清二楚。那时候，我们小孩子已经知道了爱面子，老师们要来家里吃饭的那天，必定是早早地起来，用扫把一下下地把庭院打扫得一尘不染，把家里炕上的被子叠得像豆腐块，叠得不整齐时，就用砖头一点点地压平整。老师进门来，七个碟子八个碗，用盘子都端上来，恨不得把家里最好吃的东西都一一翻出来，变着花样来招待老师。父辈是作陪老师吃饭的人，我们小孩子就在一边，听老师说我们在学校的表现情况，等到老师们的碗里没有饭了，便端起碗向厨窑里跑。

后来，史家河小学仅剩了四个年级，且学生一年比一年少，而且少得可怜。有人说，为啥学生少了，一个原因是村庄的男青年都成了大龄未婚人士，娶不到媳妇，所以就没有小崽子们出生；另一个原因是青壮年都外出务工了，有些孩子跟着父母去了城市。那时候，史家河的人还不习惯把孩子带出去，因为所有的打工者都是候鸟般飞来飞去，飞出去时是农闲时节，到了农忙时节或早或晚地都要飞回来收种庄稼。再过了几年，台胞李崇仁先生捐资助学，改变了史家河小学几十年的面貌。孩子们的教室不再是夏天漏雨、冬天漏风，而是水泥钢筋建成的窗明几净的大红平房。孩子们的厕所已经是水冲的便池，而不再是在露天的土堆上。校舍条件的改善，没有止得住学生人数的逐渐减少，直到后来只剩下一名老师、三名学生。他们四人成了这所学校最后的师生，但仅仅守了一年多，就再没有人了。

　　在农村，学校是村庄唯一有文化气息的地方，甚至是不识字的村民，每天在种地时听见孩子们朗朗的读书声后，也能记住几句话。学校没有了学生，就失去了村庄的精气神，村民对子女的教育就失去了一块无法估量的阵地，村民对村庄的希冀就没有了安放之地。学校没了，就剩下了那几栋空空的房子，站立在孤寂的村庄里。我又想起了我恰恰遇上合并学校的那个年代，好端端的小学撤销成了初小，我们一个班级里的同学多半失学，他们没有条件再转学，也没有可以寄宿的亲戚，离家又那么远。要继续上学，就必须跑二十多里路，翻越很多个山头。

学校的消失也是村庄逐步消失的一个阶段。当我们走进村庄，星星点点的院落里到处杂草丛生，燕雀成群，转遍了大半个村子，也看不到几个人影。即使看到了人，也都是些孤寡老人或者年幼的孩子，只有他们，无法到达城市，无法在城市的深处觅食，他们养活不了自己，只能在这荒芜了的村庄里，早出晚归，尽力填饱肚子，这就是最满足的一件事。史家河村原来有一百多户人家，家家务农，每户至少都是两三个孩子。每到农忙，满山遍野的人声鼎沸、马嘶牛叫，犬吠鸡鸣此起彼伏，到处生机勃勃。而现在，有劳动能力的人都进了城，有的到了西安，有的上了新疆，有的南下广州，并在外面结婚生子，老人有随儿女进城生活的，有老来患病离开人世的，就这样村庄逐渐荒芜了。荒芜了的村庄还能坚持多久呢？城市化的进程不断在推进，村庄和村庄里的学校一起消失，这是不是历史的必然呢？

就在我写这篇文字的当天，我的部门领导收到了一封来自湖南凤凰县禾库小学的信。领导看完信后，站在办公桌前久久不能平静，眉头紧锁。过了一会儿，他喊我过去，把信递给了我。这是那个叫吴春花的懂事的孩子，用一张皱皱巴巴的格子纸写的，信的落款没有具体时间，这可能是孩子早已写好了信，但是一直没有合适的时间去镇上的邮电所，贴上一张邮票发出来，让飞向远方的信鸽带走自己对未曾谋面的好心人的感谢：

叔叔：

　　您好！

　　我是吴春花，谢谢叔叔帮助我，自从您帮助我后，妈妈爸爸才让我继续读书。现在我都读到了五年级，到八月的时候，我就是六年级了！叔叔，一转眼您已经帮了我两年多了。对不起叔叔，在这两年里我的成绩很差，不管我怎样用心，到考试的时候，却一个也记不起来了，只能考个60—80分，还有英语是最差的，才考个30—40分。

　　叔叔，在这两年里，我家发生了好多事。妈妈离开了我们，就连最小的妹妹也给人了，只剩下爸爸一个人养着我们。以前，叔叔也知道，我们是和外婆住在一起的，可是从妈妈离开我们后，外婆也不让我们住了。爸爸只好带着我们回到他的家乡，可是叔叔，您不知道在爸爸的家乡，没有一件东西是爸爸的，就连个家也没有，现在我们也一直住在四叔家里。

　　叔叔对不起，您每次送东西或钱我都没有打电话，告诉您一声"我收到了"。因为在四叔家里，有很多农活要做，做完了很累，等不及地要去睡觉，还有我在禾库小学读书，一个星期没有几天在家，所以没有时间打电话告诉叔叔您！

吴春花

禾库，在苗族语言里的意思是"没有路的山坡"。我的领导前几年在湖南凤凰县某村资助了两名学生，每年给学生的校长寄去学费、学习用品，并鼓励他们好好学习，争取以参加高考的形式走出大山。领导还去学校看望过学生们，校长骑着摩托车在坑坑洼洼的路上颠簸了半天才走到了一个人烟稀少、校舍危烂的学校。那个叫吴春花的孩子，在有了资助的前提下，才能和城市里的孩子一样，坐在教室里受到知识的浸润。她过早地承担着农活的重担，小小年龄就成了农村留守学生，她更大的重担是来自家庭的变故，失去了母爱的哀伤，失去了妹妹的孤独，回到自己家乡的一无所有。短短几百字的信里，孩子写得是那么轻松，字里行间又是那么的沉重，只言片语里，是多少个和她一样来自偏远农村的孩子的遭遇啊。那个叫吴春花的孩子，又是那么坚强，她这个年龄本来是和城里的孩子一样，每天在父母的怀抱里撒娇的时候。而她却吃尽了苦头，关于妈妈的记忆每天都是大脑里再清晰不过的电影，陪伴自己的小妹也送给了别人，就这样一个人住在四叔家里，一个人慢慢适应着这个所谓的陌生的家乡。她本就属于这个村庄，却和父母在外游离了十几年。当父母的离异不得不让这么小的孩子独自一个人返乡时，每天放学后，她要和大人一样，握起锄头，走进田地，用自己的汗水去浇灌明天的口粮。

在留守儿童们成长的环境里，根据有关调查显示，有近一半的留守儿童遭遇过意外伤害：烧烫伤、坠落摔伤、蛇虫咬伤、身体侵害等等。这些意外或者不意外的伤害充斥在他们的生活中，他们孤单地走在上学或者放学的路上，走在打猪草的田野里，等等，而这期间他们都有可能遭遇伤害。那个叫吴春花的孩子，她的学习成绩较差，学习兴趣不足，这可能也是留守儿童普遍面临的问题之一。

踩在城市的门槛上

城中村的凉皮黑作坊

在西安的八里村，来来往往的人们熙熙攘攘、脚步匆匆。窄而长的黑巷子聚集着密密匝匝的人。烤面筋摊上，炭火冒着黑烟，火苗细而小，头戴白帽的人用手不时来回地翻动着一串串黑乎乎的面筋。卖劣质袜子的、内裤的，卖水果的，一个个小摊在路两旁一字排开。朋友说："每个在八里村住的孩子，上辈子都是折翼的天使，夏天桑拿，冬天冰箱，晴天火焰山，雨天水帘洞。"我觉得这句话很精辟，说出了住在八里村的人们的心声。八里村由长安路分为东西两个村子，东八里村已被拆迁，而西八里村依然人声鼎沸，强就暂时住在西八里村，我正在去找他的路上。他仅仅比我大五岁，小学没上完就离开了学校，来到了西安城里谋生，至今已经有十几年了。

我推门进去，"回"字形的院子里，见不到太阳，这里住的都是在西安城里漂泊的人。强在自己的小屋门口试探地喊着我，他不确定和他在一个村子生活了十几年的我，已发福成这个样子。我说："哥，我来看看你。"强一脸难看，十几年没见面，我们之间变得有些陌生。他在凌乱的桌子上四处寻找着自己的猴王牌香烟，烟盒已在兜里揉得有些变形，抽出来两根，一根给我，一根自己叼在嘴里，用打火机点燃。就是这根烟，打开了我们之间的话匣子，也让我知道了他在西安这些年的生活。

"你知道我家里穷，姊妹多，在家里那时每天能吃上一顿饱饭就很不易，所以常常在夜里，我才去人家的庄稼地里掰玉米，我只要出去，回来就背着两蛇皮袋子。有一次我半夜背回去的时候，弟妹们都还没睡，已经烧开了热水，就等着煮玉米棒子呢，因为大家都饿得睡不着。我就算搞着把小学念完了，不至于像咱们村里有些人，没上过学，识不下几个字，甚至连男女厕所都认不出来。我有次去咱们村某人在三桥造纸厂打工的地方，他说是父母把自己亏了，那时候不供他上学，上个厕所都不敢进去，只有在门口等着，有人出来才辨认得了男女。来到了城里，比在家里要好得多，至少能吃饱，我是哪年来西安的，我都记不清了，只是西安的东南西北郊区我都住过，干过好多活。我刚来那年，在一家搬家公司出苦力。那时候电梯少，家具电器都是靠人背，我就一件件地从这家背上去，从那家背下来，这样整整干了一年多，那时候工资低，我把基本工资和提成加起来，一月就是240元。第一个月发工资时候，我从老板娘手里接过两张一百元，还有一些零票子，我都哭了。因为那是我第一次见一百元面值的钱，而且是靠自己的力气挣来的。我回去把钱缝在我的裤头上，每天不时用手摸摸，总担心把钱掉了。后来习惯性地不时地用手在裆里摸，在一起干活的伙计不知道内情，就开我玩笑，说我私处发痒，肯定是晚上出去在外面学坏了。还有实心的人，在公共厕所里给我撕下来一张残缺不全的纸，纸上写着'家传秘方包治各类性病'，他有板有眼地说让我和老板娘说说，少搬一天家，去上面写的东大街和平旅社里去看看。

"我知道我的裆里装的是钱，便只笑笑不说，直到我回家把钱交给我妈后，我的裤裆才瘪了下来。我给我妈钱，一是让她多买些化肥，把地养肥，使收成好些；二是供我妹子多上几天学。咱史家河穷，又在山沟里，你说不靠念书寻出路，还有啥办法呢？我是吃了没念书的亏。其实那时候我也想去学个厨师之类的，能有个一技之长，这样干活就不看别人眼色了，但后来一直没成行。咱穷，就是缺钱，一个月出来挣那么几个钱，还得省吃俭用，因为家里每年两季买化肥，交农业税、地留款，半年工资就搭进去了。我家已欠了村上几年的农业税了，咱那时连肚子都吃不饱，哪里还有钱给村上交。我家能吃饱饭，还是在党家沟种了两年多玉米，才算糊住了温饱。我现在见了玉米稀饭就想吐，城里人还说那好喝得很，我那几年在家是喝够了。上顿喝了下顿喝，就连煮稀饭时锅底烧糊的锅巴都刮下来吃得一点儿不剩。

"我干了一年多搬运工，就去了三桥镇的造纸厂，那时候村里有好几个人都在那里干活。造纸厂一个月下来能挣300多块，我去就是为了一个月多挣80块。那时候西郊的造纸厂很多，大大小小十几个，大厂子稍微正规些，小厂子就难说了。造纸厂污染大得很，对工人的身体和环境都有影响。我工作的这家小造纸厂常年生产，污染严重，导致附近路上的一溜儿杨树都死了。小造纸厂的污水还排放到附近的一条小河里，很远的地方都能闻到刺鼻的臭味。"

"污染这么严重，没人向环保部门举报吗？"面对我的疑问，强叹了口气说："造纸厂旁边村庄里的人们曾多次向环保局投诉，但环保局的人来了也是走走过场，没查处过……"

"有时候我们正在干活，老板就突然把大铁门关了，让我们停下来躲在厕所里，不准出声。有一次，我们在厕所里躲了一个下午，就是市上的人来突然检查。当时老板把门关了，检查的人从墙上翻过来，一摸车间的机器还是热的，水池子里泡的麦草还冒着热气，就给大门上贴了封条，让整改，然后就走了。可是我们不知道啊，便在厕所里站了一下午，夏天的旱厕把人能熏死，苍蝇在人眼前乱飞，有伙计要蹲坑，硬是被大家骂得憋了一下午，你说他蹲坑，我们在里面还能待得住吗？

"那时候造纸厂所在的那个村子里，一进村就能闻到刺鼻的异味。我们干活的那个造纸厂在一间破旧的院落里，整天都冒着白色的烟雾。院子里竖着一个高高的烟囱，黑烟不断从烟囱中飘向天空。地面上到处是混浊的污水，污水上有成团的白沫。厂里散发着臭味的污水都是直接从厂区后墙下的一个排水口排出，流向北侧的一条小河里。我后来离开造纸厂，是因为老板拖欠工资，纸卖不出去，即使到了月底老板也不提发工资的事。有人要回去割麦子，跟老板要工资，老板说没钱，要不你提几捆纸回去，权当是工资，反正纸拿回去你老婆也能用，把买纸的钱也就省了。我们一看要钱没希望了，大家干活也就没有了力气，都消极怠工。我们下了班，就分头出去找活，另寻出路。后来直到我离开，老板也没发欠的那三个月工资。和我一起来的人都卷着铺盖卷儿离开了，有人回了家，有人去了四川，还有人去了广东的电子厂。我在东郊找了一个作坊，帮老板做凉皮。凉皮在西安卖得很好，一天蒸上几千张都不够给小摊上送。我找的那家作坊是个黑作坊，但还算是个比较大的作坊。老板还雇了两个女的，我们是晚上加工，白天送。我眼里有活，老板很喜欢，白天也就让我跟着一起四处去送货。老板的作坊，也在城中村，四周基本上没啥人，作坊内整天都弥漫着一股浓浓的酸臭气味。蒸炉、洗面搅拌机、自动制皮机等设备上都有一层厚厚的油垢和污垢。制作凉皮的面浆就随意盛放在地上的塑料盆里，老板还养了几只猫和狗，这些家伙整天就在作坊内随意拉屎尿尿，我跟着那老板干了三四年，基本上把西安都跑遍了，他去哪里送货，我都一家家地记在心里，这为我现在做生意积累下了很多经验。当然那些年摆凉皮摊的人，现在有许多都不干了。我从那个老板那里学到了咋做凉皮，啥放多啥放少凉皮才筋道而且耐放，以及他给别人送货的结账方式，等等。"

强从那家作坊出来后，自己也开始做起了凉皮生意，虽然是小本生意，但是自己当老板，就比给别人打工好了许多，就在强和我聊天的时候，他那已经落伍的三星手机还不停地响，好几个凉皮摊给他说第二天的送货量。有人要得多，有人要得少，他都一一记在纸上，以便晚上加工时把握好数量。接完了电话，强就接着说，但没一会儿电话又会响起……就这样断断续续地聊着。知道了强这么多年的营生，其实我还想让他说说自己媳妇的事，但我不好直接提起，看他的小屋的桌子上放着一块镜框，他老婆的相片就夹在里面，我就问："嫂子呢？"强说自己媳妇在八里村口摆摊子，卖凉皮。凉皮卖了好多年了，已经有了许多固定的群体每天来吃，也是整天忙得团团转，无论刮风下雨，都得出摊儿。

"你嫂子是咱们镇的北玉人，她没有我来西安早，她当年也是那家凉皮作坊雇来的，我们算是在一起上班。她来西安打工的时候我已经在西安待了四五年了。她从小母亲就死了，自己早早懂事，整天刷锅烟燎灶（当地口语，在家做饭的意思），还学会了做针线活，15岁就给她大她弟纳鞋底、做棉袄和拆洗被子。18岁嫁给了一个不学好的人，那人整天在家好吃懒做，地都荒完了，村里人指着鼻子骂，说不学好，是个怠工子，饿死活该。你嫂子每天在家做不好饭就挨打。好兄弟哩，你是读过书的人，不是有话说，巧妇难为无米之炊么！你说不好好种地哪能把饭做好啊。你嫂子后来跑了，跑到西安来了，三年没有回过家。那男的也没来找，好像不是自己媳妇似的。我和你嫂子当时都在那个作坊，你嫂子是个好人，从小受了苦，生活中吃了亏也不吭气，我就慢慢喜欢上了。你也知道我家那情况，姊妹七个在一个半窑里住着，我把她带回去都没落脚的地方。还有咱们在坡里，塬上人都看不上咱们那地形，人家骑个车子一出门，腿一跷蹬上车子就走了，咱那一脚宽的路，一会儿上坡车子得骑人（人把自行车扛在肩上），下坡时候车子没闸还不敢骑呢。咱村里那谁谁不是就在下坡时候，自行车闸失灵，人连车子都从沟里滚下去了么。我和你嫂子一直也没领结婚证，就这样过了这么多年，现在儿子都四岁多了，也快到了上小学的年龄。人家城市娃娃在三岁时就送到了幼儿园，咱没那条件，就等娃再长大一些直接上一年级算了。咱们村里现在还有多少大男人都30多岁了还没找个媳妇哩，都是人不活泛，整天蹲在村里，以为谁给你送个女人上门去啊。

"我和你嫂子虽然在一起这么多年，但两三年前才和她父母说上话。那个男人不找你嫂子，却整天跑到北玉你嫂子的娘家，要钱，张口就要八万，说你嫂子跑了，得给他补偿费。你嫂子她大不给钱，那人就扛上一袋面粉回去了，回去吃完了又来了。你嫂子他大前些年不理我，是生了我的气，说我娃都会叫大了，他还没见上女子个啥。你知道咱们农村就是那样子，那时候谁家女子出嫁人都说卖女子呢，因为有彩礼。其实我前些年没去你嫂子她家，还有个原因就是担心他大不同意我们俩的事情，你嫂子也不愿回去，嫌村里人说三道四，我俩就一直在西安生活着，过我们的日子。两三年前还是因为你嫂子马上要生娃了，我觉得对不起人家她大，有次我就和你嫂子跑到北玉去了。她大气不打一处冒，一看自己女子肚子都大成了半个锅，也知道生米都成熟饭了，就说让我给三万块钱把你嫂子带走。我那时候还没那么多钱，给了她大两万元，又给赔了个不是，就算我娃有外爷了。这事就得这么处理，要不我一直觉得你嫂子短精神，有娘家不能回。这几年，我们就整天做凉皮、卖凉皮。日子马马虎虎还算过得去吧，我今年38岁了，你看都快成半截老汉了。"

我提起了村庄要搬迁的事情，这是每个史家河村人都关注的事情，也是自己的大事。住了多少辈人的村子要搬迁移民，强哥心里也是一阵伤心，他又点了一根烟，狠狠地吸了一口，烟雾一圈圈向屋子的上空飘去，心中好像有好多话。

"其实村子要搬迁，我心里一直很难受。你说金窝银窝，哪里能如咱们那个狗窝暖和？就我家那一个半窑洞，我真的还舍不得扔，我前几年其实想在村里盖几间房，想着在西安城里待不住了就回去，至少有个自己的窝。可是现在，要搬迁移民，我听说都得搬到县城里去，村上动员大家买经济适用房，咱们县上这几年发展得太快了。前几天在《华商报》上还看到说，咱们县成了陕西十强县。咱们县上的经济适用房都3000多块一平方米了，你说谁能买得起。这么多年我和你嫂子也没办结婚证，把她的户口也没迁到咱们村上去，娃现在还是黑户，听说人口进出已经被派出所冻结了，你说我咋办呢。就说移民搬迁赔偿吧，肯定没有你嫂子和娃的那两份，我是彻底亏大了。这些年在外整天累得屁股上流汗，到头来还是一无所有呀。

"你刚上楼的时候看见房东了没，就我住的这房子，现在每月都涨到550了，你嫂子一碗凉皮才卖三块五，一晃一个月就过去了，房东每月催房费催电费比催命鬼还及时，恨不得这个楼上的人一次性把十年的房租都交了。你看房东那几根稀疏的灰发贴到脑门上，黄黄的龅牙参差不齐，常年就知道在屋子门口打麻将、抽烟。他常常来催房费，说是房子紧，要提前交钱，电费从每度一块，到目前已经涨到一块五了。你看楼顶那两层，还是去年刚加盖的，听说村子里过几年要拆迁，这个巷子里的村民都像疯了似的，恨不得拿纸糊上几层。他们不管安全不安全，反正房子都能租得出去，租房子的总是络绎不绝，有人还没搬走，搬来的住家东西已经在门口了，你说城市这人多美呢。咱们村里你看现在都快没人了，人都来到这无情的城市了，我在这地方待了这么多年，也说不出这里有啥好的。"

我给强哥说了些宽心话，又陪着他抽了一根烟。我不知道说些什么好，村子移民搬迁已经成了铁板上钉钉子的事情，谁也改变不了。强哥在西安城里生活了这么多年，其实除了在城市能挣来养家糊口的钱，他从不留恋这个城市的什么，什么事情都好像与他无关。从西八里村出来，巷子里还是那么热闹，像镇上的小集市。就在一路之隔的东八里村，已经被拆得七零八落，有一个叫"西安国际中心"的综合商业体正在轰轰隆隆地建设。随着市区内"城中村"的拆迁，大批流动人口已经不断地向三环之外迁移。南三环有个叫作东三爻的村子，成了庞大的"城中村"租民的聚集群。随着社会的发展，都市村庄早晚都要拆，这是好事。都市村庄消失了，说明时代进步了，但是像强哥这样的人，他们下一步该去哪里？

我这些年是第一次见强，是他的弟弟成给我说的电话。我在去年11月见过一次成。我在他背上轻轻地拍了下，他突然就转过来，一直盯着我看，他已认不出我是谁了。我给他说我是向龙，算是吓住他了。他直直地盯着我看了有半分钟，才拉住我的手，说好哥哩，咋这些年把你胖成这样了。

在史家河这个村庄，我们两家崖上崖下住着，我每天看着他家厨窑里冒青烟，能闻见他们做的糊糊面粘到锅底上了，一股焦煳味随着青烟从崖头飘上来。成的家里粮食不多，从来不蒸发酵了的起面馍。原因就是为了节省，几个娃子饿了，厨窑里没有馍可吃，他们就出来在桃树上找桃子，桃子还没成熟，就拣大个儿的摘几个下来，在衣服上把桃子上毛茸茸的毛儿擦去，三下五除二地吃了；或是在地里拔一种叫作"灰条条"的野菜，回去洗净了和着面粉烙死面饼子。成和强一样，都没有念多少书，也算是吃了没有读书的亏。成去过山西的小煤窑，用毛驴和蹦蹦车把煤从地里往外拉，老板按出煤量算钱。也去过西安，听说和人打了架，派出所整天找，就再也不敢去了。成现在在镇上租了房子，每天在集市上卖蔬菜，还给自己买了一辆四轮小货车，每天跑来跑去地贩菜，这也算是一种相对好些的营生了。

渴望温暖和婚姻忠诚的女人

芳姐，这么多年一直生活在西安，她还是把自己收拾得那么利索精干，看上去像个女强人。去年11月，祖父去世后，芳姐作为孙女回来参加奠礼，自己的白色轿车停在高安公路边。冬天的早晨，车的玻璃上结了层厚厚的霜，用拖把拖都抹不去，是那么刺眼。她的高跟鞋沾上了已经枯烂了的杨树叶。村里的老人说，娃你不着急就别擦了，等晌午了天气暖和一些，霜就化了，芳姐笑笑，停住了自己手里的拖把。就在这个时候，我和她搭上了话。

"你姐夫前几年去了国外，在中国人开的餐馆里做厨师。一年能挣上十来万，算是高工资了。我这些年一直在家照看两个娃，女儿上小学，儿子刚上幼儿园。我之所以来咸阳，就是想让娃从小受到好一些的教育。不像咱，那时候在村上的小学里，除了上课做作业就是玩耍。老师布置的作业无非就是写几篇生字之类的，现在的娃每天作业量很大，每天晚上做完了作业，还要家长检查签字。娃有时候不会做的题，问我的时候就把我难住了。所以后来我把女儿全托在了一所私立学校。每天放了学，有专门的老师给她们辅导功课，我就不操心了。每到周末，我就去把娃接回来，给娃好好做几顿饭，给娃洗洗衣裳，这些都是我能做的事情。就这样一年年地过去了，娃现在也长大了，懂事了许多。

"你姐夫去国外，就是为了让我们娘几〜生活能过得好些。他所在的餐馆是一个四川人开的，你姐夫刚好擅长做川菜，所以在那里受到老板的器重。听说那个老板在国内也有几家连锁店，他回来的时候，你姐夫就让给我捎些钱回来，亟打在我的建行卡上。他在外面这些年很辛苦，越洋万里，一年半载都回不来一次。他过一段时间，就会给我和娃打来越洋电话，问候下我们。你姐夫也是农家出身，从小比较聪明，上进好学，由于家里穷，初中没上完就出来打工了。他有自己的梦想，不愿意干重活，也不愿意就这样一辈子平庸，就在西安、北京参加厨师培训班，最后拿到了厨师等级证书，一种菜在他手里可以做出几十种不同的花样，色香味俱佳。现在这娃都聪明，两个娃想他爸爸的时候，就说想吃他爸爸做的菜了。我的厨艺不咋样，只会蒸馍擀面之类的日常面食，炒菜不会几个。你姐夫把厨师学出来那会儿，许多酒楼都想让去，但是他都嫌工资低，他从小受了苦，就野心勃勃地想去国外挣大钱。就在那时，一个朋友给他介绍了四川的那个老板。当时咱们这里厨师最多一月能挣上1500元，那个老板说去国外，每月给4000，他就怦然心动了，最后终于成行。那时候我儿子刚出生，一家四口人要租房、吃饭，日子也过得紧紧巴巴，他征求我的意见，我想都没想就同意了。你姐夫兴奋得不行，晚上连觉都睡不着，四处跑着办理了护照。他先是从西安坐火车到了成都，最后和老板从成都飞到了国外，那是他第一次坐飞机。他后来给我说，那次在飞机上他想上厕所，却不知道厕所在哪里，憋得自己肚子疼。才给老板说了，把老板也笑得肚子疼，骂着说他土老帽儿。

　　"还有个事情，是你姐夫在国外一年多遇到的。是一个老外女人看上了他，那女人也在中国生活过，很是喜欢吃川菜。那女人是你姐夫所在餐馆的常客，每次来了点名道姓让你姐夫给她做菜，而且在她吃饭的时候还要你姐夫在餐桌旁服务。老板不愿意得罪顾客，因为那个女人给餐馆介绍来了很多客人，且都是常客。作为餐馆，肯定是宁可让一位客人来千次，而不是千名客人来一次。餐馆的名声一传十、十传百地传出去，就不怕生意不好。所以老板就硬着头皮让你姐夫出来应付一下。外国人直接，不像咱们这里的人这么含蓄，那女人就直接说她喜欢你姐夫，让你姐夫辞职跟着她生活。你姐夫长得帅，是个标准的好男人，要不我当年咋能看上他，且死心塌地地跟了他呢？你姐夫拒绝了那个女人，说自己在国内已经结婚，且是两个孩子的爸爸。那女人还是不行，借着酒劲儿在餐馆里发疯闹事，给老板的生意带来了影响。后来听说那女人每天还会来餐馆，每次来都坐在餐馆里不走，那样坚持了半年多。有时也点一两个菜，用勺子在餐桌上敲得哪哪响，说味儿不正宗。其实她就是想见你姐夫。

"你姐夫到了国外，其实我心里一直不踏实，但是我也没办法，我也没个一技之长，这个家还得靠你姐夫的工资来养活。我只有让他去实现自己的梦想。他刚走的那一阵儿，我经常在夜里睡不着，胡思乱想，担心他学坏去找女人。我就不时地给他打电话，那年我家的电话费一下子快两三千块。等到电话停机我去交费的时候，一看欠了那么多，他在外辛辛苦苦地挣钱，我却浪费了那么多钱，确实心疼得很。"

芳姐在说这些的时候，从她的表情上看，确实有些内疚。她手里的拖把还在手里拿着，太阳已经升得老高，村子的枯草上、麦地里的厚霜在慢慢地消融，浸入到大地里去。芳姐自从出嫁，已很少回到这个属于自己娘家的村子。她的父亲上吊而死，母亲改嫁，姐姐发疯，哥哥离婚后精神状态也不好，整个家基本上等于散了。她每次回来，先是去父亲的坟上烧纸，再回去给哥哥一些钱，她知道这些钱起不到啥大作用，但是她每次看着哥哥接过钱，眼睛就亮了一些，一张张地铺展，又折叠起来，折叠了刚准备装进兜里，却又掏出来再慢慢地铺展，嘴里说着听不清的词儿，她就能感到少许安慰。那个还有人的家已经不成样子了，有时候半月里没盐吃了，也没人管，没有人上街去买，一顿顿饭就那样凑合着下来。芳姐每次回来都不在家里吃饭，并不是她不想吃，而且她的心里堵得慌，她不知道这个家能坚持到什么时候，什么时候才能改变。

"后来我给你姐夫打电话就少了些，我越是给他少打电话，我的心里就越慌。最后为了省钱，就通过上网聊。有时候视频，他看看我，我看看他，他叮咛我把两个娃照管好，我叮咛他在外照顾好自己。那时候是我刚开始聊QQ，我每天没事就在网上挂着，心里想着你姐夫忙完了下班了会上来说话。只有我每天知道他在干什么，我晚上才能睡上个好觉。有时候我们聊天的时候，女儿就在边上，她看见爸爸，就哭闹着要爸爸，说学校里开家长会的时候，都是爸爸妈妈一起去，她每次只有妈妈，小朋友们都说她没有爸爸。我每次听到女儿这样说的时候，心里也是一阵难受。

"你姐夫就这样常年在国外打工，有时候过年会回来，现在已经有两年没回来了。我每天照管两个孩子，倒不是体力上有多累，就是感觉心理上很疲惫，有时候忽然觉得这个家好大、好空，孩子，家务，买个水电、买个天然气，换个灯管之类的鸡毛蒜皮的事情全都压到我一个女人家身上了，有时候想诉诉苦，连个说宽心话的人都没有，心里就更加委屈了。所以我没事了就常常给你姐打电话，她在西安，我在咸阳，离得不远，我有时候难受得不行了就开车找你姐去了。

"你姐夫常年不在，小区里的人都知道我整天带着两个娃生活，常常有人在半夜里来敲门，说些不三不四的话。我有时候送娃去上学，就有人站在我的车跟前，嬉皮笑脸地想搭话，说你看你老汉不在，你有啥帮忙的就说嘛，咋最近看你反肤都不好了。甚至还说哪天娃不在了我去你家吧之类的话。我哭笑不得啊，兄弟。你说我一个女人家容易么。有时候我一个人在楼道里，有男人就故意碰我的身体，满脸写着不怀好意，这明明就是性骚扰么，我吓得只有离得远远的。

　　"你姐夫每次回来，就像走亲戚，回来床还没暖热，待不上几天就又走了，啥也管不上，他常在外，回来那么几天娃也不太跟他。两个娃晚上还要跟着我睡，一左一右，我两个胳膊就成了娃的枕头。有时候胳膊压麻木了，想抽出来，娃就哭了，喊着说妈妈你要去哪里。我和你姐夫连个二人世界的空间都没有。晚上，我哄着娃睡觉了，一个人就常常觉得孤单无聊。你姐夫也不经常打电话或者上网，有时候也多半年不捎钱回来，时间长了就感觉不到夫妻的温暖，但是看着娃静静地睡着，我内心深处的难受也得克服啊，婚姻还得靠自己来好好维持，你姐夫在外我知道他也不容易，我也曾多次主动想给他说让他回来，但是最后话到嘴边又都咽下去了，咱们这边就业机会也不多，赚得也不如外面多，两个娃的户口还在你姐夫的老家，学费高得很。再想想以后，娃上学、结婚，我们想在这城市里扎下根来，攒钱买房子是目前的头等大事。现在租个房子，一个月不含水电费也得1000多块，芝麻大个事情都得用钱去堵窟窿。我也想出去干个啥，哪怕是在餐馆里洗碗，或者给别人卖麻辣烫，一个月也能挣上千把块钱，至少是房租就够了。可是娃还小，啥也干不成。我去上班了，谁管娃呢？我有时候想不出去也好，把娃养好，等娃健健康康地长大了，我再出去干个啥也不晚。"

我后来听好几个人说，芳姐在自己租住的那个院子，认识了一个男人，那个男人在一个半死不活的厂子里上班，自己的老婆去了日本当护士，和那家医院签了五年合同。那个女人之所以出国，是认识了一个在日本做生意的男人，这几年那个家庭就这样名存实亡地过了过来。男人有时候去上班，不去上班时候，就在街上开出租车。他有一个女儿已经上了封闭式教学的初中，那男人对芳姐很好，有几次芳姐的孩子半夜里发烧了，芳姐没办法一个人带孩子去医院，那个男人就抱着娃下楼，连跑带奔地到了医院里，且一直陪着，直到娃的高烧退下来。也有人说，芳姐和那男人有了那层关系，组成了"临时夫妻"，相互进行着人生的慰藉，只是两人同住在一个小区内，看着是两家人，但经常在一起。其实这事现在在全国各地已经很普遍了。

有一天晚上，我去曲江池西路散步，这里有好多正在建设的工地，塔吊林立，工地上已经下班，有三三两两的农民工在路边的椅子上拿着手机听歌、抽烟、说话。从口音里能听出来是四川人。我想从他们身上了解更多务工人员的生活情况，就上前递了烟，点了火，想知道一些关于"临时夫妻"的话题。他们明白了我的意思，都哈哈大笑起来。他们有的住在工地的简易房里，有些在离三环不远的三爻村租住了民房。他们都哈哈地笑着，一时都沉默了起来，烟快灭的时候，有一位给我讲起了关于他们老乡一些支离破碎的事。

　　"你要写书？咋写这个撒？我们常年都在外面，家里有堂客（媳妇）照看着老人和孩子，我就在前面的工地上干活，一天能挣上个一百来块钱，早上起来忙到晚上下班，就吃饭时间能歇息下。家里的娃娃要上学，家里还要盖房子。我们都住在工地的房子里，夏天的晚上，房子里热得很，就出来在这里散心乘凉。有几个老乡没有在工地里住，有些出来带着堂客哩，就在外面住。那里的房租还算便宜，一个月就几百块钱，你说的'临时夫妻'，他们的日子过得好着呢，两个人在一起住，吃饭还省了不少钱哩。一个人住的话，回去做碗炸酱面，就要比两个人花的钱还多呢，还不如两个人搭伙，不就是多买点面条嘛。他们同时来上班，下班了就回去了。我一个老乡和邻村的女人在一起已经好几年了，我们过年回家都不会说啥子，这毕竟是人家的私事么。我们平时下班了也没啥子事情，就出来这里看看那里转转，回去就倒头睡啦。人都是有感情的嘛，有老乡说他们晚上隔壁房间的床板一直在咯吱咯吱响，第二天那个老乡还给我们买烟抽。谁个说生理上没需求那是骗人的，你说我说的对吗？两个人待在一起晚上说说话，总比一个人无聊着强么。"

正当那位老乡给我滔滔不绝地说话的时候，他的另外一个伙计的手机唱起了凤凰传奇的歌。原来电话里另外一个老乡买了一捆啤酒回来了，喊着他们喝酒，这打断了我们的交谈。他们穿上椅子下沾满白灰的塑胶鞋，一溜儿地向着工地的方向走。我站在那条灯光明亮的路上，看着他们的身影渐渐模糊。无聊的夜晚，他们一起喝啤酒、聊女人、说自己听到的黄段子，这应该也是一种身心上的快乐吧。

前些天在报纸上看到，国家统计局在2013年5月27日发布的数据显示，中国在2012年有超过1.6亿农民工外出务工。大部分男人在外都从事着工地的活。这些活女人干不了，就在家留守，照顾老人，或者看护孩子。也有的女人出外做保姆、干家政，或者在沿海的工厂里干流水线的活，男人在家种地打粮食。在外的夫妻双方都为了不旷工，能多干些活多领一份工资，即使在农忙、老人去世时也不回家，造成了夫妻见面少、感情交流难、相互不理解，加之双方的思想观念、行为方式也发生了变化，对传统意义上的婚姻造成了很大的影响和挑战。可是在城市里，我们又拿什么来慰藉在外务工者和留守在家的人们的空虚心灵呢？

其实我的家在西安城

我上学时比高辉高一级。1991年时，我在史家河小学读小学三年级。高辉来了，进入了二年级。高辉是西安市人，我们农村人都说方言的时候，高辉已是满口的普通话，他是史家河小学唯一一个说普通话的人，我们农村人把普通话叫作"撇洋腔"，高辉的洋腔就在村庄里撇了整整两年。我有理由记住他，他想和我一起玩，却不敢说话，肚子饿极了，才张口偷偷地来我家要一个馒头。他那时候第一次见牛，牛过来，高高大大，他就跑远。但是后来他却和我一样，放学了就去放牛，或者挎着篓给兔子挖草。一晌出去，牛饱着肚子回来，或者我们都提着满满一篓草回来，一把把地放在兔子窝里，看看一只只兔子从深洞里钻出来，张开三瓣小口，一口口慢慢嚼完，这就是我们曾经的童年，最有趣的时光。以下是高辉的回忆：

应该是1991年吧，我爸把我送到了史家河的爷爷家。在来之前，我不认识爷爷奶奶他们，但是我认识他们的女儿史阿姨。阿姨那时候在西安市康复路的日用品批发城里打工。在那里，其中的一家批发部就是我家的，那时候我的母亲一直当售货员，爸爸开大卡车。那时候大卡车比较少，我爸开的是东凤牌的，他经常从西安把货物拉到全国各地去。北到东北，西到西藏，南到广州，他都去过。他那时候常常是开着车，拉上满满当当的一车货，一半个月都见不上面。他每次出车回来，都会在家里天昏地暗地睡上几觉。我妈妈一直埋怨他，埋怨他不管店里的生意。我上了小学后，每天放学没有人接，看着小朋友们都被家人接回去，我就站在校园里哭。有几次哭着在学校的台阶上睡过去了，被老师抱回了宿舍。我妈妈没法来接我，她要接我回家就得关店门，她不想错过每一笔生意。后来父母就常常吵架，不知道为什么，当我见到他们时，总是在他们两个人的对骂声中度过。我那时候晚上偷偷躲在被窝里哭，但我的哭止不住他们持续不断的吵架。家里的东西都被妈妈差不多摔完了，除了那十几寸的黑白电视机。

父亲没有办法，就给史阿姨说让把我带到阿姨的老家去上学。我不知道在哪里，父亲已经给我收拾好了衣服。有一天史阿姨就带我坐了六个多小时的班车，又骑着自行车走了半天，才把我带到了史家河。刚来，我看着窑洞不敢进去，站在门外又哭了。爷爷家里的院子里，有几树的香梨。阿姨给我摘了吃，这才算是让我止住了哭声。在西安，我没有见过窑洞，更没有睡过土炕。我那时候一直想，是爸爸妈妈不要我了。阿姨陪了我几天，就回到西安上班了。我刚去史家河，听不懂学校老师说方言。我每天上学，爷爷奶奶就下地去干农活，我放学回去，爷爷奶奶也下地回来，才开始做饭。刚开始，爷爷奶奶家还每天做热腾腾的饭，我吃不了多少，后来常性是一个馒头，就着些凉菜，我每天都想爸爸妈妈，想批发部里的零食。我在西安时，从来都不吃店里的零食的。

爷爷奶奶看我每天放学回来和你们走在一起，就给我说不能和你们说话，两家是有仇的。我每次都想问，可是每次话还没出口就被他们搪塞了回去。下午放了学，爷爷奶奶就带去我麦地里，我不认识麦苗，我问爷爷说你们这里种的韭菜真多啊，想让他们割回去做饭吃。有一天早上在学校，正在上早读的时候，爸爸到学校看我来了，看到他，我的眼泪就出来了，大家都看着我。他开了一夜的车，从西安来看我了。他见了老师就发烟，我记得给你们的班的老师发了一根烟，然后点着了。那个老师不抽烟，在和爸爸说话的时候，烟就夹在手指上，话说完了，烟也就着完了。老师给我爸说我普通话说得很好，但是不会写作业。其实我每天晚上回去都不怎么写作业，爷爷家没有电，只有一盏煤油灯，人去哪个窑里，煤油灯就端去哪个窑。煤油灯的亮光就像晚上地里的萤火虫一样，火苗一闪一闪的，冒着燃烧的黑烟。爷爷家晚上除了给牛铡草，基本上就不点灯的。晚上想尿尿了，就摸黑下炕用脚慢慢地找着尿盆。爸爸来看我时，给爷爷家带了好多吃的，还给爷爷带了几捆啤酒。奶奶把爸爸带的那些吃的送给了自己的娘家人，还有她外孙。给我只留了一点，我每天想吃的时候，就一点点地嚼，担心吃完了不会再有。我那次偷偷地藏了一盒蛋卷，埋在爷爷家的麦囤里，最后就忘记了。到后来记起，翻出来时袋子里已经长满了发霉的黑毛毛。我把蛋卷发霉的地方一点点地抠掉，把剩下的吃完了。吃完没半天，就肚子疼，疼得难受，一次次地去茅房。茅房还是那样的半截窑，那时候没有纸，擦屁股就用土坷垃。从那时候起，我写过的作业本就没有再扔过。每次去茅房都翻过去撕一张。后来爷爷说，我写完的作业本他要拿去卷纸烟抽，我就都给了他。他把我写过的作业本都一页页地裁成两指宽的小纸条，和他装旱烟的洗衣粉袋子装在一起，想抽的时候，就抽出一张纸来，把烟末子倒上，捏在手里哧噜哧噜地卷，卷完了用唾沫把一头的接口粘住，再噗的一声，划上一根火柴，纸烟就冒烟了。

"有一次我偷偷拿了爷爷一元钱，去村里的代销站里买大大泡泡糖吃。回家的时候，泡泡糖藏在书包的兜里，被奶奶发现了。她问我哪里来的钱，我一直不说，那天她就没给我吃饭。我那天也是饿得不行了，才偷偷地摘了只梨吃，梨又不顶饱，肚子就一直咕噜噜地叫着。爷爷奶奶去了地里干活，我没有大门的钥匙，想到厨窑去拿个馒头，都没办法进门。我看着你家的烟囱里冒着烟，在爷爷奶奶还没回家的时候，就跑到你家要馒头吃。你还记得那次吧？"

在高辉说这些话的时候，我的思绪又再一次被拉回了我的童年时代。我甚至还很清楚地记得，高辉偷偷站在我家的崖坝上向院子里扔小土块。他不敢盲目地进来，担心爷爷奶奶看见了会打骂他。我看见了在崖坝边站着的高辉，他才露出头，说："我饿了，能给个馒头不？"母亲是个热心肠的人，看着高辉很可怜，二三年级的孩子，正是在父母身边撒娇的时候，高辉却离开西安属于自己的家，来到这偏远而又贫穷的村子里来，且还吃不饱饭。母亲想让我偷偷地把高辉带到家里来，可是高辉说啥都不愿进来，他担心会被爷爷奶奶看到，那样又会被教育一顿。高辉有时候在下午放学，看着我提着篓去在野地里给兔子找草吃时，他也就找了来。他不知道什么草兔子喜欢吃、什么草有毒，就跟着我，我给他一个个地说。可露露（蒲公英）、灰灰菜、麦萍萍，这些兔子喜欢吃的草，我都给他的篓里放几个，好让他照着这些去寻找。每当我的篓已经满了的时候，他还在四处寻找，找到了一棵，又不敢辨认，就喊我问是不是，为啥长得有些叶子大，有些叶子小，慢慢地，我们成了好伙伴。只要在他爷爷奶奶看不见的地方，他就高兴地给我说城里的生活，我那时候都没有去过彬县县城，何况是西安，更是遥不可及的事啊。

　　"还记得那次牵着牛去河里饮水的时候，那只性烈的牛犊，刚拴了笼头没有多少日子，看着路上有牛过来，就哞哞地叫着向前冲，我拉不住，被牛带着跑出了不远就摔在地上了。就是那次，我被脱了缰绳的牛摔晕了，摔得昏迷了过去。那次把爷爷奶奶他们也吓得不轻。听他们说，我摔晕了后被背了回去，用开水熬了姜汤且加上了红糖，让我喝了下去，在坑上躺了半天才醒回来。就是那次，爷爷奶奶还给我在路上叫了魂。奶奶提着粮食碗，爷爷走在奶奶身后，奶奶一声声喊着：'高辉——回来！高辉——回来！'爷爷走在后面，一声声地答应着：'回来了——回来了！'奶奶他们连续去叫了两天，才把我所谓的魂灵唤了回来。"

高辉在史家河村待了两年，上了两年小学，就回了西安，我再没有见过他。直到我在二十多年后写这篇文章前，通过了许多人，在微信里查找了在西安叫高辉的几十个人才找到了他。他说回到西安后，他上了私立学校，吃住都在学校里，一周回一次家。上完了初中就没再上学，毕业后，跟着认识的伙计们在西安城里混了两三年，整天在网吧里打游戏，没有钱花了就跟父母要。父母不给了，就几个人合伙晚上在街上干偷盗的事。有次差点被关进拘留所，才就此收手。高辉说，后来父母离了婚，他判给了父亲，他跟着父亲跑了几年货车，全国各地都跑了个遍，父亲老了，开不动车了，就又开起了店，他选择给别人开出租车，已经开了好几年。本来是要买个出租车的，可是一个车的户头费太高了，就继续给别人开着，白班晚班地倒班跑，西安角角落落都跑遍了。在西安这个偌大的城市里，没有他不知道的街街巷巷。高辉的个子不是太高，他说是不是小时候在史家河生活了两年，那时候正是长身体的时候，没吃好饭造成的。说完，我们都笑了，高兴的是，他唯一在乡村生活的邻居，曾经的伙伴，到了今天还见了一面，只是我们都长大了，都成了成年人，那些共同的往事都成了人生抹不去的回忆。

父母离乡记

一

母亲是做了三年的留守妇女才离乡的，她舍不得伺弄了这么多年的田地。

父亲进城务工后，空荡荡的故乡庭院里，就剩下了母亲和一只狗、一头牛、若干只鸡、若干只兔子。狗的职责就是给母亲做伴，在白天母亲下地干活时，在夜晚母亲发困睡着时，那只养了几年的黑土狗是最忠诚的。它只要听见一丁点儿风吹草动，都会汪汪地叫个不停。牛是家里的顶梁柱，它不仅要在母亲的吆喝声中犁地拉车子，还是家里几年赚大笔收入的唯一指望。兔子和鸡是母亲养的，用来换一些零花钱，买个油盐酱醋、针线布头之类的，还是绰绰有余的。

母亲是全村公认的最能吃苦、最会种田的女人。她常常说的一句话是："咱没文化、没技术，有的就是力气。"尤其是1983年，县里实行了土地承包到户生产责任制以来，那时家里十来亩麦子，在夏收季节，她一声不吭地一镰镰地割完，捆好，然后拉回场院里。这么多年，尤其是在城市的夏天，我的耳边总是会传来母亲手中镰刀的哧噜哧噜声，一声声地在我心底回荡，母亲割麦子时，手中的镰刀就好像割在了我的心上。我突然想起19世纪英国浪漫主义文学思潮的杰出代表，"湖畔诗派"代表诗人华兹华斯的一首诗歌《孤独的割麦女》：

看，一个孤独的高原姑娘在远远的田野间收割

一边割一边独自歌唱

……

只见她一面唱一面干活

弯腰挥镰，操劳不休

我凝神不动，听她歌唱

然后，当我登上了山冈

尽管歌声早已不能听到

它却仍在我心头缭绕

我突然觉得，我的母亲就是诗人笔下的那位姑娘，在空旷宽阔的黄土高原上，在夏日高远清爽的明丽秋空上，在遍地金黄的风舞麦浪中，给了我对生活的无比热爱。母亲以个人独有的方式，给了我跋涉生活所需要的希望。

母亲始终以自己最坚强的方式生活着。她给牛割草的时候，还不忘把山上的柴胡和黄芪挖出来，小心翼翼地装在自己兜里，回来放在窗台上反复地晾晒，等积多了再带到集市上换钱。她在放羊的时候，还不忘在碱畔上打酸枣，她一颗颗地把酸枣捡到随身携带的口袋里，然后在河水里洗掉果肉，留下果核。等上门收购的人来了，她一袋子又一袋子地向外扛。酸枣其味甘，性平；具有补肝、宁心、敛汗、生津的功效，确实能卖上个好价钱，也就是那几年，母亲每年冬天打下来的酸枣核，卖的钱都够得上来年地里的春肥钱了。她就和孤独的割麦女一样，是一位普通得不能再普通的劳动者，像自己脚下的大地一样质朴、沉实，像田野里的麦穗一样充实、坦荡，像深秋的高空一样宽容、忍耐。她用歌声来面对生活，她用辛勤的劳动来建立自己生存和处事的尊严，她用河川一样的胸怀来拥抱自然、拥抱生活、温暖四季，让我们做子女的不再孤独，不再牵挂。

2009年，母亲终于很不情愿地进了城。她念念不忘自己那还生长在村庄的几十棵枣树，还没来得及割下来的梭草。每当下雨的时候，她就念叨起自己的田地里开着紫色小花的苜蓿，是不是又疯长起来；或者自己从树林里拾回的干柴，是否已经放进了遮风挡雨的柴窑里。在城里的夜里，她始终认为自己生活在别处，似睡非睡，清醒不已。她不认为城里的家是她新的生活的开始。她劳作了60年，却始终离不开农具，在她的心里，农民只要和土地紧紧地偎依在一起，手里有自己生产和生活的农具，就足够了。让母亲这样一位闲不住的农民进城，不再面朝黄土背朝天，就好像学生被拿走了作业本，厨师被拿走了炒勺，一位时刻准备上战场的战士没有了枪。她常说我们做儿女的，心比她当年在地里击碎的土坷垃还硬。抢走她土地和村庄的不是政府，不是村里要实施的工程，而是她生下来的儿女。

弟弟叫来了牛贩子，从牛圈里拉走了她喂养了两三年的牛，牛离开家里时哞哞地叫唤着，让母亲的眼泪哗哗地流。她舍不得属于自己的家畜，自己一槽槽地喂草，一担担地挑水，一点点地刮毛，就这样让牛从带着温热的牛圈里离开；弟弟叫来了粮食贩子，从镇上的粮食收购站开着突突的拖拉机来，从粮囤里装走了她积攒了十来年的粮食，每一粒粮食都是她在地里一锄锄地伺候它们长大，开花灌浆，又在夏收的虎口夺食中收获了来。当家里大一些的物什都被拉走的时刻，母亲哭得更加厉害，她不想离开自己的村庄，她不喜欢城市里的生活。在自己的村庄，她想干些什么，都自由得像个孩子。每当母亲带着一丝丝怨气和自己的小儿子——我的弟弟说这些的时候，我能看到的是她心灵深处的幸福。

进了城里这几年，母亲经常从县城跑回家里去，跑回到已经长满半人高的荒草堆里去，故乡的庭院里已经没有了牛羊，窑洞里已经没有了粮囤，门前的土地已经荒芜，已经成了野草肆虐的世界。母亲常常回去，她不能改变什么，但是我知道她的心劲儿还在那里，不离不弃。她从18岁出嫁，从泾河沿岸到了红岩河沿岸，这里虽然让她吃尽了苦头，留下了多少艰辛和难受。但是，她知道这里的土地给了她生命，滋养了她的孩子。她现在虽然生活在城里，那个钢筋水泥组成的"匣子"——母亲常常把城里的单元房叫作"匣子"，就像她出嫁时的那个梳妆匣子——这里的庭院虽然有楼台假山、小桥流水、树木花草，但这不是她的史家河，她出嫁了几十年的地方。在史家河的院子里，宽敞得小汽车都能掉开头，家后面的鸡嘴山林木繁茂，红岩河的水清澈见底、欢快流淌。现在，我终于明白母亲常常跑回去的缘由，史家河的窑洞、田地和林木，它们不仅仅是简单意义上的窑洞、田地和林木，它们是母亲身上的筋骨和血液啊！这些虽然是不值钱的东西，却是母亲一辈子的家业和留下来可见的财产，这些财产来自于母亲含辛茹苦的经营，这些已是她老人家生命中不可舍弃的一部分，也就是这些东西，伴随着她一夜又一夜的梦，给了她始终想回老家的念想。

是啊，母亲刚到县城生活时，弟弟和弟媳陪着她，我们常常打电话给她，就是担心她不能把自己融入这个县城的生活里来。她不会像县城的老太太一样，早上起来去广场上扭秧歌、跳老年舞，而是早上五点多就睡不着，那个时间是她在史家河生活时，起来给牛添拌草的时间，是她起来纳一家老小布鞋底的时间，而在城里，她醒来就那样无助地难受着，甚至不愿出自己的房门去上厕所，她担心影响弟弟一家人的休息。她不会像县城的老太太一样，早上起来去早市上买上几根油条、几块油饼，还有豆腐脑，吃吃喝喝完抹嘴走人。母亲舍不得钱吃早餐，她也没有吃早餐的习惯，在村庄生活时，即使感到饿了，也是顺便拿个凉馒头，在干活的路上三下五除二地吃完。来到城里，她不舍得花钱去买这些。她来到县城里，又不识字，两眼墨黑。在这个对于她来说还是陌生的县城里，她不熟悉一切，她不知道东南西北，她不知道医院在哪里、超市在哪里。人来人往的县城，没有一张是母亲熟悉的面孔，她的亲戚大多都在偏远的农村，唯独仅有的几个远房亲戚的孩子，在这座县城里开面馆谋生，母亲见到他们时还是穿开裆裤的小毛孩。还有，自己的二女儿在城西安居，她自己却找不着路。

每天，母亲就坐在家里三楼的飘窗跟前，看着弟弟弟媳去上班，又看着他们匆匆忙忙地下班回来。她拿不住时间，她担心饭做早了，孩子们都还没回来，会变凉；她担心做晚了，孩子们回家不能按时吃上饭。对一位在农村生活了几十年的老母亲来说，她想也没想到，能和这座县城扯上瓜葛。她刚来时，浑身有说不完的不舒服：没熟人、不识路、视野不宽、不会用煤气灶。这些与城市有关的东西，对于母亲这位身上沾满泥土和柴草的妇女来说，是多么遥远，多么陌生，多么无助。

二

父亲除了我们姊妹四个是他最伟大的作品外，就是他修的那几孔窑洞。这是三十多年前的事。父亲姊妹八个，最小的兄弟比自己女儿还小半岁。母亲这个做大嫂的，就没日没夜地照料着这些弟妹们的吃穿。可是弟妹却不领情，每天给妈妈说着大嫂的不是，这令母亲很是窝火。父亲是个孝顺的儿子，听了奶奶的不满后，总是和母亲吵架，母亲几次回了娘家，都被外公送了回来，外公说我宁可没有你这女儿，都不会断这门亲戚。母亲在1975年生下了大姐后，除了在农业社上工挣工分、喂猪，都把心思就都放在了大姐身上，因为这是她身上掉下来的肉。

父亲排行老大，所以就承担了这个大家庭最重的活。每天天不亮就起来去山底下的凉水沟里挑水，家里厨窑的水瓮里每天都满满的。挑完水，父亲就往山顶上的自留地里担粪。自留地里种的是高粱和玉米，高粱和玉米下套种的是洋芋之类的吃食。自留地里的东西，只有在过年的时候才能吃上。父母亲是见不上，每年除夕吃饭，还没等他们开饭，弟妹们就早把锅里捞得干干净净。父亲还能喝上一些汤，母亲却不能上桌吃饭，所以能填饱肚子就算好了。大家吃完了，母亲就得开始刷锅洗碗，虽然碗筷上没油水，但是有十几副。母亲每次洗碗都省着用水，原因是她心疼自己的男人，每天鸡还没叫头遍，就挑回了第一担水。那么冷的天，父亲挑完三瓮水，头上已经冒起了热气。

父母亲结婚的时间是1973年腊月，正值年关。麻雀头般大的雪花已下了三天，沟沟壑壑一片银装素裹。父亲穿着一身蓝卡其布棉袄，脚上的大棉鞋里灌满了雪，和娶亲的人们拉着牛车在雪地里翻山越岭走了三十多里。母亲头顶红盖头，坐在牛车上嘤嘤地哭着出了娘家门。母亲后来说，她头一次见父亲，父亲看着比较老实，但脸上的牛皮癣一片片的。俗话说："一斗荞麦二斗皮，自己不嫌谁敢提。"在媒人说媒的时候，都是外公去看得过活，她后来见过一次父亲，觉得就是他了。外公回来说，史家原来是地主，家境还比较殷实，尤其是外公来看过活时，中午那顿白面馍馍蘸红辣子，下午那顿"薄如纸，细如线，下到锅里莲花转"的煎汤面不是一般人家都能吃上的。19岁的母亲就这样成了我父亲现在的老伴儿。

后来，叔父姑姑都长大成人，姑姑们相继出嫁，也有人开始给二叔说媒，这个大家庭慢慢地膨胀了起来。所以爷爷便决定分家，就是把父母亲从这个大家庭里分出去，另立门户，另设炉灶。父亲离开这个长了22年的大家庭时，所有的财富就是红花、半岁大的姐姐和一口小锅。父亲抱着姐姐，母亲提着小锅走出那个曾经的厦房时，却不知道去哪里安个家。那间曾经的厦房是父辈们娶妻的唯一门面，不久二婶就进了门。父亲如热锅上的蚂蚁，急得团团转。走遍了村子里的家家户户，终于在村西头的八叔家找了孔破窑。八叔

112

是个好人，一辈子谁的话都听。年轻时经常有土匪出没，土匪拿的有火药枪，生产队里就派他看粮仓，他日日夜夜地守着，即使一个老鼠也钻不进去。有天晚上风轻夜静，几个豪面的小伙从墙上越了过来，八叔脚下生风，硬是把偷粮的人从墙上又捧了出去。生产队对八叔进行奖励，在二千多号人的社员大会上表扬他，他腼腆得如同未出嫁的女人，脸蛋和胸前的大红花一样鲜艳。后来偷粮的人多了起来，八叔每晚就握着铁锹在粮仓旁转来转去，眼观六路耳听八方。一个人招架不住就拉着八姨一起去，八叔和八姨就心甘情愿地两个人挣一个人的工分钱。后来八姨患了痢疾没钱医治而去世。直到父母亲带着大姐住进八叔的那孔塌了顶的窨，这个小院才慢慢有了气息。

这孔塌了顶的窑洞，只能遮挡雨雪。但对父亲来说，总算有了安身之地。在八叔的破窑洞里住了两个冬天，农业社解散了，土地包干到户，父亲分到了旱田和水地各一亩。母亲寻思着得给自己挖个住处了，便咬了咬牙，买了二斤大肉和一瓶白酒走进了村主任家。村主任说父亲家都是地主哩，还能没地方住。祖辈上确实是地主，骡马满槽，水田几十亩，长工二三十个。那时候听人说我的祖爷辈当时都是用尿泥瓮来装银圆的，且在屋里的地上挖了个大坑埋着，且只进不出。家里的长工个个精壮能干，粮食多到啥情况？每年秋收后都要累死几头骡马。骡马部分是在拉车时累死的，部分是在犁地时倒在了田地上，再也没起来。村主任从小就是贫农出身，父亲给人打零工，母亲偷生产队的庄稼时，不小心从山坡上滚了下来，落下个半身不遂。村主任之所以在责任承包制后成了村子里的领头人，原因就是他肚子里有点墨水。村子里那时有个老先生，给地主家孩子开私塾讲学。村主任就跑去站在门口听，老先生领着地主家孩子一遍一遍地读，地主家孩子没记住几句时，村主任就已背得滚瓜烂熟。后来父亲从打零工的人家带回来一些麻纸书，村主任在给生产队放羊时就一个字一个字地在地上写。春天羊把生产队里的玉米苗吃了个精光，村主任只顾着在地上写字却忘了羊群。村主任的父亲被生产队拉着在社员大会上游行批斗，并且扣了半年工分。

村主任给父亲批了个块基地。虽然在纪家山的沟边上的酸枣树堆里，但他仍高兴得像个吃了糖的孩子。开春，父亲在集市上买了镢头、架子车，开始了自己的"愚公挖山"。父亲每天早上出去，后半夜回来，一个人一下下地挖着属于自己的窝。后来天热了一些，索性晚上还继续干。母亲喂猪、做饭和照看姐姐，每天按时地给父亲送饭。老年人说，人是窑洞的柱子。窑洞里如果不住人就会坍塌。所以父亲借住在八叔家那孔住了几辈人、烟熏火燎黑漆漆，且窑顶塌得一块块的破窑里，没有一点害怕。可父亲晚上不回来时，母亲还是有一点害怕的。

父亲一车车地把挖下来的土用架子车运出来，再从沟里倒了去，看着沟被慢慢地填平，父亲心里也高兴起来。他喜滋滋地抽着旱烟，心想至少得挖三孔吧，娃长大了得娶媳妇，就不能再和自己睡，还有一孔做厨窑。不能像现在一样，在炕头盘个泥炉子三口人一小锅饭就打发了。他还想着，得给厨窑再弄个热炕，炕得大一些，他老了就可以盘腿坐在中间，儿孙满屋地围在旁边，是多么其乐融融。他甚至还想着，趁着自己年轻有力气，能把窑洞挖得亮堂一些，这样早上和下午的阳光都会照进来，自己的孩子再过几年就可以趴在热炕上做作业。孩子长大了至少也有个归宿，不再像他一样恓惶。父亲把他自己分出来了，他将来却不会分开自己的儿子，他只要活着一天，就为这个家多干一些事情，自己能干的绝对不让儿子去干；母亲能干的，绝对不让自己的女儿去受苦。

多半年过去，镢头磨卷了几把，架子车的轮胎也布满了补丁。父亲的身体也瘦了一大圈，眼窝深陷，肩上被车绳勒出了一条条深印。深印永远也好不了，因为长时间磨下的老茧已经死去，一层层地蜕着白皮。"n"字形的窑洞已基本上在半山腰显现出来。十几米高的白土岩面下，三孔窑洞到顶都达六米之高。父亲抽着自制的旱烟，坐在架子车把上露出了久违的笑脸。他终于有了自己的窝了，真想在这窑洞里面好好地睡上三天三夜。父亲搬家了，终于从八叔那顶破窑搬进了自己亲手挖的窝里。虽然屋里的泥皮还没有完全风干，但是木质窗格贴上去的白纸上，母亲亲手剪的五谷丰登和胖娃娃却格外红火。就在那年，1980年除夕，我早产来到了这个世界。

母亲现在还常常讲起，在农业社那时，常常放工回来，都是夜黑人静。她走进屋门，连个点煤油灯的钱都没有，照亮就靠烧炕时柴火的亮光，才能看见屋里的一切。她每天早上走时，只有把大姐用绳子拴在炕上，大姐哇哇大哭着不让她出门，她一手抹着眼泪一手锁门。等自己放工回来了，大姐早已哭得又渴又饿地睡死过去，常常是屎尿和竹篾席子在她细嫩的皮肤上黏着，印上了一整片的有规则的红印。晚上，姐姐睡着了，母亲还要去生产队的苜蓿地里给猪撅吃食。猪有草了，毛色就看着光溜，膘也就厚了。母亲每天在猪吃食时，总是喜欢用手从猪头向尾巴上量，一拃一拃地算着猪又长大了没，那可是一家人一年的希望啊。母亲基本上每隔一晚，就要去生产队的地里撅苜蓿。生产队的苜蓿地在山坡的低洼处，那里总是能晒上太阳，雨天山上下来的雨水积聚在那里，冬日里北风吹过，雪能埋住人膝盖，所以苜蓿来年就长得异常茂盛。苜蓿茂盛了，那里晚上就成了大家不约而同的目的地。撅苜蓿的不仅仅是母亲一人，甚至是全村的妇女。生产队也经常派人去看，为的是生产队的那几十头牲口冬天里有干草。有天夜里，母亲和邻居在撅苜蓿的路上，刚脱下裤子小解，一泡尿没撒完，就觉得后面凉凉的，甚是瘆人。回头一看，"啊"的一声滚到了半山腰，原来身后是一只成年的狼，龇牙咧嘴地正在她后面做俯冲状，双眼中的蓝光闪着寒气。母亲的胆子一直都是很大的，就是因为那次，当她从半山腰爬起来时，双腿顿时不听使唤了，连滚带爬回家睡了三天，脸上才慢慢有了血丝。

三

2006年，父亲来到西安务工，他在一家物业公司，从起初的保安干起，兢兢业业，直到今天给管理层当助手。母亲现在常常和父亲开玩笑，说不是我那时候把你逼出来打工，你现在还有受不完的罪呢。母亲说的受不完的罪，就是种庄稼。我小时候学写毛笔字，有一句话印象很深："工人做工、农民种地、学生学习，共同建设社会主义。"其意义再也浅显不过，每个人在社会上分工不同，干什么的就要务什么、像什么，就要把自己的事情做好，这样才能在社会上安身立足。是啊，工人做工，八小时制或者黑白班倒，每月能按时拿到一份自己劳动换来的工资；农民呢？只能靠种地，早上顶着星星出去，夜晚背着月亮回来，靠着手中的锄头镰刀，常年在地里刨食吃，仅仅能够维持生计。父亲这些年在城里打工，比在村庄里种地，人显得精神了不少。母亲之所以说父亲觉悟了，是因为我们还小的时候，母亲就撺着父亲外出务工，他却没有离开过家里。父亲没有多大的理想，不追求多么宏大和起伏的生活，老婆孩子热炕头就是最大的满足。

父亲之所以来到城里，就是这么多年吃了种庄稼的亏。种地的效益比较低，一年到头累死累活，却落不到几个零花钱，所以土地撂荒的就多了起来。就以种小麦为例，基本按照市场价来粗略计算，一亩地需要播种40斤，按每斤5元计算，需要200元；播种费每亩地需30元；每季需浇水两次，每次30元（含柴油费），两次就需要60元；每亩地需要施肥100斤，也就是一袋，需要120元，这还不是最好的肥料；打灭草剂两次，需要两瓶农药，每瓶10元左右，共计20元；杀虫农药两瓶，也需要20元左右；成熟收割每亩地需要60元；晒完拉回家需要30元（柴油费）；人工费除去不算。现在小麦市场价每斤1.03元，收成按每亩1000斤计算，一年的收入才1100元左右。在外打工，以父亲为例，每月上班26天，每月工资1800元，免费提供住宿，每日两餐。对于父亲来说，花费最大的就是抽烟，他烟瘾大，每天得多半盒，加之再给和自己在一起干活的工友们散发，每天最多一盒。他节俭，舍不得抽好烟，我给他买的好烟，他都整整齐齐地装起来，放好，自己却每天只买一盒5元的红旗渠。所以，他每月能净落工资1000元，每年就是1万多。种地时，他和母亲两个人有干不完的活，出不完的力，受不完的苦，两年喂一头牛卖上三四千块，所有地里打的粮食，留够口粮后才能卖上几百块钱。就这样，还得给收粮的人点头哈腰说好话。有时候，当初夏的麦子收割完毕时，还可以在麦茬地里种上黄豆、玉米等农副作物，但这就得靠天吃饭。遇上雨水丰厚的季节，作物们会长势旺盛、颗粒饱满，人虽累些，可总是能换来几百块钱。可是，常常是夏旱三伏，滴雨不下，庄稼地里的黄豆扯不了蔓，开不了花，玉米苗儿拔不了节，出不了缨，旱死在田地里。季节不等人，为了处暑前后把有限的麦地腾出来，父母就只好忍痛把地里的黄豆和玉米苗割掉，这些在地里长了好几个月的秋粮，夭折在了旱田里，从苗儿睁开懵懂的双眼到开始长个儿，它们没有见过一丝雨露，却成了牲口们午后反刍的食粮。

就在这次长时间出来打工之前，父亲在我们上初中时，还跟着村子里的人来过位于咸阳的火烧寨和西安三桥造纸厂打工。那时我们姐弟四个，两个姐姐分别在西安、咸阳上学，我和弟弟上初中，父母亲攒了多年的钱都给我们送进了学校，已经是家徒四壁。父亲去打工的那天是个周末，他将一床大红花的被子在炕上铺平，一点点地卷起来，又摊开，然后又卷起来，用装过化肥的蛇皮袋子装好，炕上就多了一卷像碌碡一样圆滚滚、软和和的行李。父亲还拿着装过山丹丹洗衣粉的袋子，将自己晒了半个季节的旱烟，一把把地向袋子里装，装得鼓鼓囊囊。另外还有40元的路费，是母亲心硬了下，从家里仅有的60多元里抽出来的。她担心没有出过门的父亲去到大城市，目不识丁，找不下活路，从彬县县城到西安，坐中巴得6个小时，车费为28.5元，剩下的钱，就是父亲来到这个城市的所有生活费。他是否能找到活干？他是否舍得买上一碗面？那年，父亲整整在外打了一年工，从八月种完麦子到年关，过年后从正月到初夏麦收时节，他人整个黑黑的，瘦了一圈，给家里带回来的是几千块钱，和别人给我们几个孩子的几大袋子衣服。他在外，每天都是开水煮白面条，只有盐和醋，没有他最爱吃的油汪汪的油泼辣子。他对吃饭的追求就是以最低的成本，填饱自己负重干活的胃，只有吃饱了，才有力气干活。他的力气来自没有一点油水的白面，他的力气来自家里四个孩子交不完的学费，他的力气来自这个需要自己去卖命地经营的六口之家。

就是那年的冬天，两个姐姐放了寒假，拿着一个皱巴巴的信封，那是父亲写给她们的信，那个信封上面有父亲所在工厂的地址，咸阳市秦都区火烧寨村×号××造纸厂。两个姐姐坐了一个多小时的公交，走了大半天，才找到了那个在村子深处垃圾场不远处的小工厂。小工厂里有一排牛毛毡房，父亲就和工友住在那里，度过了一个寒冷的冬季。姐姐去的时候，父亲正在工厂的露天厕所里蹲坑，雨雪交加的天气，父亲穿着一件破棉袄，头上顶着已经只剩了半边的烂草帽从厕所里出来。那叫厕所的地方，其实就是几块已经废旧不堪的复合板随意遮挡起来的，上面由炭黑色的粗笔歪歪扭扭地写着个"男"字。过了这么多年，我常常在西安城夜里睡不着觉的时候，就想起这个情景，想起父亲这么多年，一个人在西安城，他和千千万万的农民工背井离乡进城打工一样，是想走出乡村过上城市人的生活，这是他们或远或近的梦想。

在我上班的路上，常常遇见一群群和父亲一样的农民工，端着粗碗，蹲在路边吃饭。在这个城市里，这是多么不会让在城市生活的人所关注的事情，也不是摄影师会按下快门的风景。但是，每当我看见他们时，心里总是有一种无法言说的感动和难受，他们大口吃饭的情景刺痛着我。正如我在《路过看见父亲》一诗中所写：

我看见父亲，一个人／端一碗白面，洋瓷的大碗／就着劣质烟，完成午餐／烟把手指烧得发黄，疼痛／午餐把胃填得鼓胀

一个人，我常常看见父亲／站在十层楼的脚手架／单薄的身体，小如麻雀／来来去去杂技般干活／我手里捏着几把汗，他／高血压的毛病千万不能犯

那天，路过城市的建筑工地／一群父亲，蹲在马路沿就餐／我突然淹没的泪，阻止了车速／看着他们大口大口地吃完／且一滴不剩

像父亲这般年纪的农民工，就是憧憬着"挣票子、养儿子、抱孙子"的梦想，就是为了改善比较饥馑的生活状态，他们没有一技之长，工钱之低廉、工作之繁重、衣食之艰苦，这些都不是事儿，关键是在回家过年的时候能足额领到工钱。这种兴奋不亚于自己的老婆生下了大胖儿子，不亚于花了少许的钱医治好了老母亲多年的顽疾。

四

母亲进城这几年，终于慢慢习惯了县城人的生活。她先是去楼下的菜市场抢先买些新鲜嫩绿的蔬菜，买些个大香甜的瓜果，熬制个稀饭，调制个可口的凉菜，放在餐桌上就等着儿子儿媳起床。这

是她每天早上的全部生活。吃完了早饭，上班的人都匆匆忙忙地去上班，母亲就把大家要洗的衣服，一件一件地用双手搓洗干净。她原来不会用洗衣机，她也不愿意把衣服混在一起，让洗衣机的滚筒慢慢地搅。她就相信自己的双手，一遍洗不净再洗一遍，直到自己满意为止。母亲有自己独特的记路方式。在县城里，她知道的兴矿路、姜塬路、隘巷等地方，都是自己一个人摸索着记下来的。她能够清楚地记得哪条路上，有一栋很高的楼，哪条路上有一对憨态可掬的石狮子，她就靠着这些特殊的标志，走在县城的大街上，行走在这个属于自己的世界里。

母亲走在县城的大街上，也有自己说不出的孤独。几条熙熙攘攘的大街上，没有自己认识的人，即使碰上了看着很是面熟的亲戚，她也不会相信自己的眼睛。多少年来，她面朝黄土背朝天，始终闲不下来，如今突然不再整天与土地为伍、与家畜为伴，没有乡下个个知根知底的街坊四邻，她走路的脚步显得那么不踏实。

有一天，上班时电话震动了起来。我一看，是母亲打来的，赶快出去接了，母亲不敢说话，她不知道接电话的是自己的哪个孩子。她的电话里，只有存下来的那几个电话号码，她不识字，给母亲存电话的弟弟就按照顺序存了下来，父亲是第一，大姐是第二，以此类推。原来是弟弟的孩子去医院打针了，母亲在家做好了饭，等不到他们回来，着急的母亲一是疼自己的儿子还饿着肚子，二是疼自己心头肉的孙子感冒发烧还没好。接了电话，母亲听声音是我，才带着一种不中用的口气对我说："好娃哩，妈不中用了，给你弟打电话哩，出门找了个保安帮我按下号码，咋打到西安来了。"我在电话里给母亲宽心，让她不要着急，我马上就联系弟弟，然后给她回电话。我每次下班了给母亲打电话，她都会先高兴一阵儿，然后就给我说她看到的事和听到的话，只有那些人情世故，她才可以作为大事给自己的大儿子在电话里絮絮叨叨地说。母亲知道我工作累，工作忙，常常加班，就告诉我一有空就要多休息，注意劳逸结合，晚上尽量不要长时间看书。母亲一个人，总是在漫漫长夜里似睡非睡，想这个儿子，念那个女儿，自己的儿孙就是心底满满的世界。

母亲把自己的不识字，说成就像人在大白天里闭着眼睛走路。正因为母亲吃了不识字的亏，所以她才不顾一切地供我们念书，才不厌其烦地教导我们做人。本来母亲是可以识字的，作为姊妹中的老大，进了学堂后，因为用左手写字，被教书的先生用竹棍打了手，她就对上学的事情充满了恐惧，加之姥姥身体不好，她就开始在大家庭里像一位女主人一样，织布纺线，喂猪挣工分，直到她这次进城前，她都一直无法摆脱伴随自己多半生的农活、农具和土地。经常我打电话时，母亲都正带着我的侄子玩，自己的孙子有一丁点儿变化，她都看在眼里，记在心里。那时孩子还小，母亲说她就整天和她的孙子一起，消耗着时间，时间一点点地过去，她的孙子就长大一些。她的孙子有一天扶着沙发能摇摇晃晃地走路，更是让她高兴得热泪盈眶。而孩子两岁多时，每天都把家里的箱箱柜柜乱翻一遍，把自己的玩具玩得四处都是时，母亲却开始埋怨自己，埋怨自己老了，腿脚不灵便，收拾需要花上一些时间。现在，孙子已经开始背着书包上幼儿园了，每周都要给她和父亲打电话，他会给爷爷奶奶讲自己每天在幼儿园的所见所闻。

我记得父母常常是因为种庄稼而吵架。他们两个老人都是种田的一把好手，但是意见总是有些不同。尤其是在地里上化肥的问题，他们总是吵得毫无休止。父亲想细水长流，每亩地都撒网式地照顾到。而母亲不同意，她的意见是地里不上肥料就不上，但是上的话就必须让田地大大饱餐一顿。还有，父亲的意见是春肥可上可不上，而母亲是必须上，她还说就像牛吃夜草一样，吃饱了夜草的牲口皮毛光亮、膘肥体壮，而不吃夜草的牲口毛厚体弱，干活时即使鞭子抽着，也迈不开大步子。母亲有这样的比喻，你就可以知道，她常常在夜里是睡不踏实的，一头牛吃完一槽草，大概需要多少时辰，不认识手表的母亲都能在心里掌握着，半个时辰都不会差。母亲就是这样，每天把自己的人生陷入村庄的光阴里，从二十多岁的少妇，到了今天的花甲之年。

五

父亲来到西安打工，母亲在县城里给弟弟带孩子，两位老人互相又多了一些牵挂。现在想来，这才是爱情。他们自从结婚到现在四十多年，肯定没有给对方山盟海誓过，也不会有半个"爱"字从嘴边说出来。在我给母亲打电话的时候，母亲常常都会提起父亲，说到父亲生活的寒暖、身体的康健。有一次夏天的晚上，我不知道休假的父亲正走在回家去看母亲的路上。我给母亲打电话，母亲很是着急地让我挂电话后，赶快给父亲打电话，看看他走到哪里了。我给父亲拨通了电话，父亲说他已经过了福银高速的太峪段，我转告父亲，我的母亲在楼下已经等候了他多时。

母亲之所以要我给父亲打电话，是因为她听院子里的人说，就是那天晚上不久，福银高速永寿段的隧道口出了交通事故。母亲在说话的过程中，我从她的语速和喘气声中，能感到她内心的着急和担心。我给母亲说，父亲已经到了太峪段。母亲反复问我到了哪里，我说已经到太峪了，这才让母亲放下了悬在嗓子眼的心。小区里有人说福银高速上有交通事故，当时父亲正在回家的路上，这就让她心急如焚。母亲又急匆匆地和我挂了电话，我在电话里听她念叨着，父亲肯定还没吃饭，她要回去擀面条了。

第二天，我在手机报的新闻里看到了当天的车祸新闻：

昨日晚，福银高速永寿境内的六十里梁隧道里发生特大交通事故，一辆宁夏牌照的半挂货车与同向等候放行的3辆小轿车相撞并起火燃烧，4辆车全部烧毁。事故造成6人死亡，2人受伤，隧道内部分设施损毁……

据了解，目前福银高速永寿到彬县段上行方向交通管制停止通行，下行往西安方向全线正常通行。

人常说，亲情浓于水，十指连心。不识字的母亲，她所有的信息来源都是"听"，听电视上说，听电话里儿女们说，听小区里的老太太说，听门外卖菜的人说。当她捕捉关乎自己的儿女和男人有关的信息后，她就深深地念在口边，急在心里，坐立不安，日不思饭，夜不能寐。

等父亲回到了家里，她慌乱的眼神里才有放下心来的镇定，看上去是那么充实。她走进厨房，取盆，把手放在面粉中央，用手把面粉从里向外围扒拉，形成一个边缘厚中间薄的凹槽，再往凹槽里倒入适量的清水。然后右手的五指张开，把凹槽内部边缘的面粉向水中心扒拉。用手把扒拉到水中的干面粉与水搅拌均匀，形成雪花状带葡萄状面絮。一团面在她手里反复地揉着，干净利索，直到面团光、面盆光、手上光，面也就劲道起来。

母亲就是这样，许多事情她不愿意说出来，她就一个人默默地承担着。为自己的儿女担忧，为自己的掌柜的担忧，为自己的外孙内孙担忧，为自己的兄弟姐妹和已年老的父亲担忧。我就担心总有一天，她把自己压得喘不过气来。她不舍得花一分钱，前半辈子为了让家里的过活能好起来，彻夜彻夜地劳作，落下了一身病。后半辈子却抛弃了自己，从来不为自己想什么，确保属于她的世界的人全部装在心里，看着他们高兴了自己就跟着高兴，看着别人的表情稍微有一些不好，自己就思量着在心里多问个为什么。每当一大家子人聚齐的时候，她就显得有些束手无措，她担心自己做饭的手艺不是那么得好，又不会炒城里人喜欢吃的菜，不懂得哪些菜可以拼在一起，怎么样才能入味。她把自己的儿女都当成了城里人，她岂不知道虽然儿女们都在城市里工作，但是有父母在，故乡才是家，有父母的地方儿女们的心里才最温暖，儿女们顿时都变成了孩子，还没长大的孩子。虽然孩子们已有了自己的孩子，儿女们还是喜欢挤在父母身边，有说不完的话。

六

2014年9月，母亲终于和父亲生活在了一起，在西安这座城市里，他们的身份都是外来务工人员。他们在一起生活了四十多年，虽然有时吵得面红耳赤，但都是为了生活，他们的一辈子好像都是为了养活四个孩子，养活我们这个家。人常说，少时夫妻老来伴。母亲没有上过几天学，她来到这个从没有来过的城市，在一家小学里做保洁工作，这对一个目不识丁的农村妇女来说，是多大的心理挑战啊。母亲的工作是父亲联系的，在母亲没来上班之前，那条通往那所小学的路，父亲已经掐着表走了好多遍。他要给母亲找到一条最好走的路，最容易识记的路，他担心自己的老伴儿一不小心走失了路。他们已经是花甲之年的人，每当父亲陪着母亲走在上班的路上，都会给她说走路应注意的事项。例如，在去上班的路上，有一家商场，从那家商场的门口要记得左拐，每天上班后要在自己保洁小组的签到本上画"√"。每天晚上他会给母亲的手机充上电，把自己的号码输进去，标号为"1"，每当母亲找不见他的时候，就拨打电话，他就会第一时间赶过去。送母亲上了一段时间班，父亲就让母亲一个人走，其实他在后面偷偷地跟着，看着自己的老伴儿走进了学校，去了她的作业区，他才一个人离开，只有这样，他才能放心，他才会放心让母亲一个人每天在上班下班的路上，顺利地穿梭着。父母不知道"执子之手，与之偕老"此类的话，甚至从没有见到过他们的手拉在一起，但是他们总是简单而温暖地在一起生活着，弥久而感动。

有一天，母亲打工地方的小领导找不见母亲，就跑到父亲所在的物业公司去找，顿时父亲慌神了。去上班的母亲没有在自己的作业区，也忘了拿自己那充不住电的山寨电话。父亲把那所学校教学楼一层层包括旮旯拐角都找了个遍，终于看见母亲在教学楼最高一层的角落里，用抹布一遍遍地擦拭着瓷砖墙。这才让父亲的心放了下来，才给了母亲打工的单位一个答复。母亲违反了学校保洁作业的规定，没有在自己的作业区干完活后去休息，却一把汗一把汗地把最高一层的墙砖擦得一尘不染，人能在白白的瓷砖上照出来自己的影子。母亲是个勤快人，她一辈子都闲不住，虽然自己只有一层楼的作业区，但有时其他作业区她也会不放过一丝灰尘地打扫完，她珍惜自己一月靠劳动挣下来的1600元，她不忍心在自己作业区以外的地方也有脏污出现。目不识丁的她来到这个陌生的城市，当拿到第一个月的工资时，她好像从那十几张的人民币里找到了自己来到这座城市的价值。她总是忧心忡忡地挂念着我还有几十万的购房贷款，她甚至计算着自己能打扫多少个月，才能扫完压在我心头的巨大贷款。她总是力所能及地想着如何为儿女们减负，却不知道自己已经是六十多岁的人了。她不愿过那种靠儿女接济的晚年生活，儿女们给她的钱，她总是零存整取地还用在儿女身上。冬天来了，我给她买了羽绒服，她却不高兴地让我退了去。好不容易套在她的身上，让她试试是否合适，她却念叨的是，我每天一睁眼就欠银行一百多万的发愁事。

对于母亲来说，她原来念念不忘的是她种了那几十年的地。人离开了村庄，地就荒了起来，她常常在夜里睡不着，梦见的是长成了一片一片的庄稼地，她拔掉了一株又一株的杂草，庄稼拔节似的在田野里成长，这是她永远都无法舍弃的念想。她种了一辈子的地，就这样一点点地成了荒坡，她是不忍心的，甚至她觉得作为农民，这是自己最大的失职。她经常念叨一句话：没有了地，吃啥。她从自己记事起，就没有离开过田地，原来在农业社里上工，后来包产到户，她用自己的双手，让我们这几个孩子，从吃不饱肚子到后来家里粮食几十担。她种了几十年的地，每一寸土地的肌肤都是经过自己双手的耕耘，才有了丰腴和肥沃；每一株玉米苗，都是自己的双手浇灌过，才结出了像胖娃娃一样的玉米棒子；每一亩油菜，都是自己拉着架子车，一车车地将土肥运送到田间，才有了半人高的油菜。她怎么舍得离开土地呢？可是，母亲真的老了，十几亩土地她即使撒完了汗水，使尽了所有力气，也无法再照料得妥妥当当。她离开村子已经四五年，村子里许多人家的地都慢慢地荒了起来，她每次回去，都会匆匆地顺着地沿儿一遍遍地走，用手摸摸自己亲手栽下的核桃树、柿子树，心疼得无法自己。

今年九月份，家族里一位婶子去世，全家人都回去参加了葬礼。母亲是第一个回去的，和她生活了几十年的老嫂子终于走了，安静地离开了那个叫作病痛的恶魔。她作为妯娌，和大家一起，灶前厨后跑来跑去给前来吊唁的人烧水倒茶，招呼从墓地里回来的人洗漱，给从西安等远路来的人准备饭菜，村子里在外打工的人也都尽量回去送逝去的人一程，表达一份情谊，叫人感到亲情的温暖和乡情的醇厚。虽然这些年城市的快速发展带来了世风的变化，但是村庄里这一传统依然保持着、沿袭着、传承着。和人情淡漠的城市相比，农村人虽显得笨拙和不太光鲜，但是他们每个人的心里都小心地存留着那份叫作感情的人文情怀。母亲尤为明显，她就是那样的人，有些东西深入到了骨髓里，就不会那么轻易地改变。

参加完了葬礼，母亲从村庄回来，我得以吃上了来自故乡的绿皮嫩核桃。当我打开蛇皮袋子时，看到嫩核桃们怯生生地挤在一起，虽然个头不大，脸上也有一些先天营养不良所带来的后遗症，但是核桃仁肉质饱满，白嫩油香。这是乘坐了几百里路，被人背上了好几层楼，从乡村来到城市的核桃吗？这是生长了三个季节，无人照管，整天遭受鸟兽侵袭，孤独而又坚强地生长在故乡的树上的核桃吗？母亲说，这是咱家枣上结的，没人管，没想到打下了半袋子，你尝尝。这半袋子核桃来自母亲五年前栽下的那几棵核桃树。核桃树都栽在缠门沟的那片地里，那片地不靠山，是片熟地，这么多年从地里收获的麦子、玉米、油菜无数。那片地里，前些年有苹果树，那是母亲一株株栽下的，她伺候着等结果卖钱了，给我们交学费。甚至她梦想着把那片地做成苹果园，每棵树上能挂着红彤彤的大苹果，每年能卖上几万元，这样就可以彻底改变家庭的现状。可是苹果树长成了不少，但无论怎么伺候都成不了气候，倒是每年冬天里有了苹果吃，改变了我们小时候眼巴巴看着别人吃苹果的情景。后来苹果树死一棵，母亲就挖一棵，她要把地腾出来，让土地好好地休息，顿时家门口有了一个干柴垛，那些曾经出过力的苹果树，结束了自己的一生，又将由干柴化为灶中燃烧的火苗。苹果树断断续续地死去后，就有了几棵核桃树，又长在了田地里。这几年，缠门沟的地再无人耕种后，那几棵核桃树就孤零零地和野草长在一起，没有人再给它松树根下的土，也没有人在冬天里给树根下捂上几锨牛粪。它们就像留在故乡的哨兵一样，直端端地并排站在那块土地上，感受着村庄的春去夏来，守望着对面纪家山的草长

131

莺飞，守护着整个村庄的白天和夜晚。它们已经尽到了自己的责任和义务，但是它们还不忘本能，每一棵树的枝杈上都开始结出三五成群的果实来。母亲总是有些亏欠地说，这树几年都没人管了，以为早都被收拾柴火的人一斧子砍下烧了去。母亲去地里摘了核桃，又好好地将树跟前的野柴杂草清理了去，她期望自己栽下的树能好好地生长下去，春天里开花，秋天里结果，至少让儿孙们回到家乡来有一些吃食。就像小时候，母亲去了田地里，我们几个孩子像松鼠一样，跑到桃树下摘了还没长成的桃子，在衣服上擦拭桃毛后，就迫不及待地送进嘴里。或是跑到西瓜地里，蹦跳着选自己能看上的西瓜。而今天，整个田野里，已经没有了人再一茬茬地种庄稼，已经没有了一阵大风吹过之后，摆着柔软腰肢的麦浪。原来母亲在沟沟洼洼里嫁接的枣树，早已长荒了，混合在野酸枣树群里，已经不再是原来的模样。就剩下了那几棵核桃树，正是进入长成期的时候，这也成了母亲让我们每年回到故乡有事儿做的最好选择，也是她有充分理由回到自己生活了几十年的家、能站在自己耕种了几十年的土地里的唯一念想。

七

有一天，姐姐用微信给我发来了外甥女的一篇作文，题目叫《浓浓的乡情》。外甥女叫张思懿，上五年级，爱写作文，令我欣喜，便推荐给了《华商报》作文版，发表后引起了一些反响。大家都认为，这不是出自五年级学生的，甚至是九年级、十年级。原文如下：

故乡虽处在少水的北方，却也有不宽不深的河与一湾清清浅浅的小溪，柔柔地、缓缓地，向前奔去……

河对岸是一片柳树林，有长在岸边的，长枝条轻轻地在水里蘸几下，有时被风拂起来，真像饱蘸了墨的毛笔在空中绘就着一幅山水画。

河中有一排又平又大的石头，故乡人说它取代了小桥。踩着石头走，那清脆悠长的嗒嗒声，倒多了几分山村意境。

故乡没有房屋。因为年轻人大多都离开了村庄，老人与土为伴，伤口处抹土，挖窑洞时，也少不了土，自然就离不开窑洞。

奶奶的窑洞和别人的窑洞并没有两样，但很深很长。我爱它，我是在那里度过第一个生日的。幽深的山谷，公鸡又叫醒了人们，那一湾河向远方那泛着蓝色的地方奔涌去，绿色的麦田时刻等待着人们。该干活了！奶奶干活时总爱带上我，让我干一些如拔拔杂草之类的小活，但我每次都是把麦苗拔几根敷衍了事，便跑跳着去追蝴蝶、捉蚂蚱了。

每次遇到乡亲们，他们总会给我一些小花、蚂蚱之类的小东西，临别前，还笑着说："小思懿，将来回城里，可别忘咱这些乡窝窝人咧！"便远去。如今，我将他们写于笔下，也算没有忘记他们吧！

现在，现实中的搭石，乡亲淳朴实在的言语，以及那条小溪已经远去，但记忆里，它们还在。

梦中，故乡的那湾溪与那条河，带着我对故乡的眷恋，柔柔地、缓缓地向前奔去……

外甥女还很小的时候，在史家河生活了一段时间。长大一些后，就仅仅是寒暑假时，跟着自己的妈妈去过而已。我还记得那时，她去了吓得不敢进入窑洞，进了窑洞不敢上炕，上炕了哭着不睡觉，要回家，要回城里，常常半夜里醒来哭闹。她出生在城里，没有见过窑洞，觉得那从外面看上去黑漆漆的窑洞，张大了嘴巴，把一个个人都吞噬了进去。可是，对我们来说，这一孔孔的窑洞，不但是父亲用血汗和生命凿挖的，而且是我们从小到大的安乐窝。我们几个孩子就像一窝小燕子一样，从出生到长大，都偎依在一起。那时候，父母出去种地了，锁上了门，我们就在一起玩耍。然后听见了开大门闩子哗啦啦的声音时，我们就知道父母回来了。直到我们去外地上学，才离开了父母亲给我们垒砌的窝。

外甥女最喜欢的是水，清浅的红岩河是她在暑假里唯一愿意来史家河村的原因。她不喜欢窑洞，却喜欢水。每次在水里玩上大半天，都不觉累。她甚至是一个水生的孩子，对水有说不清的爱恋。可是，从今天她的作文看，她对史家河这个属于她半个故乡的记忆，是那么清晰和透彻，这已经深深地印在她的梦里。在她的作文里，那条"不宽不深的河"就是红岩河，"一湾清清浅浅的小溪"

就是从龙眼头沟里流出来那股欢快的溪流。溪水流进了红岩河，它是流入红岩河千千万万小溪里的一条。就是水，给孩子的童年带来如此深刻的记忆，带来了她美好童年的回忆，带来了她如此美好的眷恋。

八

我的母亲，一个出生于1954年12月29日的乡村妇女。字识不到三五个，她年轻时还能歪歪扭扭地写下自己的名字，可是现在，她基本忘得干干净净了。她能记得的是自己的孩子，自己的世界里所有的亲人。她一生几乎都在乡村的土地里挣扎。她经历了每天吃不饱肚子、饿得人吐绿水的时代，所以她现在爱惜粮食，就像爱惜自己的生命一样。她割过麦地后，还要一步步地再把麦穗捡上一遍。在场院里，有一粒粮食落入了麦秸里，她也要找出来，捧在手心里，一口口地㕮掉麦粒上的泥土，然后颗粒归仓。她还经历了每天在农业社里起早贪黑地上工，把没人照看的姐姐用绳子拴在炕上。然后姐姐在棉絮里饥饿着，哭醒又哭睡，昏昏沉沉地过着自己的幼年。一天就挣下那么一点点的工分，到年末了还换不上两个白面馒头。只能靠每天晚上去生产队的苜蓿地里偷些嫩苜蓿来，给家里人做菜馍吃。那个吐绿水的时代，就是每天都靠着苜蓿等绿色植物充饥，才使得难受的肠胃不停地翻江倒海。后来农业社解散后，母亲在沟沟洼洼里开荒，一茬茬地种麦子、种土豆、种油菜，才有了家里慢慢积攒下来的十几担麦子，每年在过年时，我们才能吃上炒土豆丝，才能吃上炸油饼。在童年，这是一件多么令人期盼的事啊。只有那几天，我们这些孩子，才能感受到自己幼小的心灵是多么的幸福啊。而今，我们四个孩子都通过上学，分别走出了大山，走向了山的那一边，过着和童年不一样的生活。家里的户口本上，如今就剩下他们两个孤零零的老人，和村庄的树一样，一年年地增加着年轮。父母亲现在来到了城市里，生活在儿女的身边，用自己的衰老之身，用自己已经老了的双手，靠着自己还有的一点点力气，谋求着一个月那一千多元，虽然这是他们年轻时做梦也没有想到的事情。他们的儿女有着自己平凡但还算体面的生活，他们常常说，儿女们加起来一个月也能挣上个几万多块，这是想也不敢想的事情。甚至他们的心里，也比其他同龄的乡村人有了一些优越的自豪感。我们姊妹几个目前的生活，如果没有父母亲这么多年来卑微而又坚强地支撑着，为我们把自己的身体和灵魂留在村庄的田野里，那将又会是怎样的呢？这可能就是父母的魔力，这平淡而安定的生活，都是史家河那个小村庄给予我们的，都是父母亲暴突的血管给予我们的。其实，父母亲也年轻过，他们也有过我们现在的时光。不同的只是岁月罢了。

九

父母亲进城后，感觉变得年轻了一些。这是天下每个做儿女的最幸福不过的事。他们不再每天拉着架子车，背着一捆捆的柴草，头上冒着热汗，肩膀上被草绳勒出一道道红而发紫的痕迹。父亲生于1953年的农历九月初七，但这是不是个准确的日子，连父亲自己都不知道。父亲姊妹八个，他出生的日子已经无法被老人们准确地记忆。老人们的记忆中，更多的是父亲担负起了那个大家族中应有的负担和责任。就像小叔的出生年月，是母亲从她嫁入史家这个大家族后，推算出来的一样。去年和父母亲一起回家，父亲打开了他结婚时唯一的家当——一个四方四正的木箱子，箱子上的合页已经变得有些潮锈。他的儿女们的出生年月都写在一张纸上，放在箱子里的角落处。那张纸是一张纸烟盒的锡纸，上面几个儿女的出生年月一排排地写在上面。之所以如此，是父亲担心他老了以后会像我的爷爷奶奶一样，记不住这些至关重要的日子。

父亲做过小生意，农闲时也曾到西安务过工，更多的是把自己淹没在村庄的土地里，忙碌而又无可奈何。通过一年年地收割庄稼，我们这一代人从小就开始吃上了白面馍馍。我们小时候，父亲还贩卖过煤油。那时候村里四老爷家的女婿在油库，他就用几十斤的塑料桶子，把煤油批发出来，然后骑着自行车，挨村挨户地卖煤油。那时候农村还没有通上电，每家每户都是点煤油灯，来照亮自己的营生。后来，他又在冬天里贩卖柿子。村庄里柿子树多，每户人家都分有柿子树，在冬天霜降之前，柿子就成堆地被运出村庄。父亲看上了这个生意，他就在场院里扎下了点，村里的人就把柿子一车车地拉来，过秤，数钱。留下来买开春的化肥和支付子女上学的费用。那几个冬天，父亲都是不在家的。他和几个人拉着柿子，去兰州，去西宁，批发、零售，把一车车的柿子运到有人需要的地方。进批发市场，进各个小卖部，用柿子抵吃饭钱，住就住在一堆柿子旁，甚至他还骑着三轮车在语言不通的大街小巷里叫卖。卖完了，如释重负，然后再挤火车、赶汽车、骑自行车，从兰州到西安，从西安到彬县，再骑着自行车顺着红岩河的河川道里回来，灰头土脸，一身疲惫。回来后别的事先不管，唯一操心的就是内衣口袋里那一沓沓有零有整的钱，这是他风餐露宿、日夜辗转、费尽口舌才辛辛苦苦换来的血汗钱。

有一年，父亲在回来的火车上遇上了一伙窃贼。窃贼死死地盯着他和一位乡亲。他们俩身上带了钱，自是有点慌，慌的原因是担心万一被盗贼盯上后，自己出门几个月怎样才能给自己的妻儿交代？生意赔本？盗贼偷窃？这些都不是他所要的。他所要的是要在过年前赶到自己的家，和自己的妻儿一起，分享自己辛苦之后的快乐。父亲坐在绿皮火车的座位上一动不动，窃贼有的过来跟他搭话，有的故意碰触着他，有的则在他身后伺机下手。父亲穿着厚厚的棉袄，棉袄内是母亲用一片花布缝下的临时衣兜。衣兜上有三颗大纽扣，它是挡住外人侵入的最后一道门槛。窃贼在昏睡时，火车到了宝鸡站。父亲和乡亲混在下车的人群里，从人生地不熟的宝鸡站下车后，又重新买了到西安的火车票。那时候火车车次少，速度慢，等到父亲回到史家河的村庄，已是除夕夜，北风吹、瑞雪飘，整个史家河村已经进入了一个混沌的世界，只有偶尔传来鞭炮声声。父亲是从县城走着回来的，他最大的动力就是无论如何要早早赶到家，家里的妻儿还等着和他一起过个团圆年。我们那时候才是十二三岁的孩子，瞌睡多，寂静的除夕夜里，唯有母亲做的几个菜和一些瓜子、花生和糖之类的稀罕物。等我们睡得迷迷糊糊时，父亲成了风雪中的夜归人，我至今仍记得父亲全身有厚厚的一层白。他给我们带回来的是橘子，那时候我们从来不知道橘子是什么滋味，"橘子"二字只在课本里学到过。父亲把我们从暖热的被窝里一个个摇醒，把已经剥了皮的冰凉而又甘甜的橘子牙儿放进我们嘴里。然后他掏出身上那些带着体温的钱，有零有整地清点了一遍，给我们发压岁钱，给母亲说着那几个月在外赔赚的事。但是，他从来不给我们说的是，自己在外吃尽了多少苦头，受尽了多少惊吓。也就是那年春节后，我家的窗户台上晒上了红红的橘子反。这是我童年的记忆里至今还没有忘却的事，那一幕幕还浮现在我眼前。

十

父母亲的生活方式，逐渐被外面的世界改变着，悄然无声。他们现在学会了一天吃三顿饭，也不愿意打扰自己的儿女，我常常喊着让他们住到家里来，都被搪塞了回来。我就去看他们，他们可能不愿意过多地和我们生活在一起，他们嫌自己笨手笨脚，不会做城里人吃的饭，和别人也有着不同的生活习惯。他们愿意独自生活，用自己的双手挣钱，却舍不得花。经常做饭不买肉，就随便买些青菜、面条，似乎这就成了他们每天主要的食粮。他们生活在城里，总是说城里的花销大，可是他们一个月花不了几百元。自从史家河这个小村庄要移民搬迁后，人都被撵到了县城里。县城的泾河滩里，十几栋高层楼房正在拔地而起。那里以后将会成为从史家河村走出来的父老乡亲唯一的安身之地。安置房每平方米近3000元，父母亲从大面积的又换到了小面积的，甚至他们还想要最小的。他们登记安置房时，想着自己的儿女孙子十多人，如果都一起来了会是多么其乐融融，至少得有个三室的房子才能让他们所有疼爱的人都住下；可是后来，父母的思想有了变化，儿女们都有自己的房子，就他们两个人，要那么大房子又有什么用呢？把故乡搬迁赔偿的钱抵进去，还差十几万的缺口。那么大的房子，以后还要交物业费、水电费等等，都是一笔不小的支出。后来在弟弟的努力下，又换了个两室的房子，他们才安下心来。

对于我来说，心里还有一些不安，他们在农村生活了一辈子，又是闲不住的人，催促着我快快生孩子。我已是马上要35岁的人了，他们还要计划着怎么给我带孩子，甚至父母亲都分好了工，这是他们现在唯一要操心和没有完成的人生大事。他们作为我生命的缔造者，是他们带我来到这个世界上，他们给了我先天的品行、相貌和姓氏。他们又要用自己的老年给我预支生活，他们会像故乡的老屋一样，慢慢地变老，越变越荒芜。而他们的情感却像来自故乡的树林和山峦，越来越茂密，越来越绵延。我常常在夜晚的梦里，梦见他们已经老了，老得风烛残年，就像我梦见我一个人孤独地走在故乡的怀抱，我又变成了一个还未长成的孩子，父母亲紧紧地跟在我后面，当我走出很远，一不留神，他们不见了。这是我这么多年生活在城市的夜里最难受的事。

无法安放的村庄

石匠

有句话说："铁匠黑，木匠白，石匠头上飞铁锤。"村里来了个石匠，带着一男一女两个孩子，住在湾子的半截窑里。专给村里人打牛槽、猪槽，甚至还用青石掏捣辣椒的碾槽。石匠收费低，只要给一家三口吃上几顿饭而已。石匠给东家打牛槽，就带着孩子吃在东家，蒸馍面条干粮饸饹，只要有红汪汪的油泼辣子就能吸溜吸溜地吃上几大碗。石匠给西家打猪槽，就带着孩子吃在西家，孩子的衣服破了，女人们就找了自己孩子的衣服给石匠的孩子换上，男人给男孩剃头，女人给女孩梳头发。把两个孩子弄得干干净净，孩子们就不短了精神，不再扭捏着跟在石匠后头，和村里的孩子出去疯玩了，亲如兄弟姐妹。石匠的衣服容易脏，女人们就在洗自己男人衣服的时候，也召唤着石匠把穿久了的衣服换下来，提到河边的清水里，洗三遍，投三遍，熨熨帖帖地抖展开来，晾在河边的石岸上。等女人把衣服洗完了，石匠的衣服也就干了，和自己家人的衣服一起收起叠平展了，提在篓里才放心地回家去。

石匠在村里一家家地干活，先是到河边挑上好的石头，这就成了石匠手下的材料。无论是牛槽还是猪槽，用的石头都各不相同，有的石头材质硬，适合做牛槽，石匠就带着人在河边一步步地走，检阅在河边躺了不知多久的石头。看上了材料，石匠就抡起大锤，嘴里"嗨吆、嗨吆"地喊着口号，铁锤在空中抡着，一下下铿锵有力地落在钎子上。铁锤在钎子上一下下地锤打着，石匠握着铁锤的大手青筋突起，使尽全力，有棱有角的石头才从岸边采下来。采石的时候，钎子在石头的纹路上扎着，铁锤一下下地落下去，石渣与钢花儿四溅，钎子头发热、滚烫，明晃晃地闪着光亮。一块块石头如刀切割过，方方正正、规规整整，四个小伙子拿着一副洋槐杠子，杠子已经磨得溜光，用粗如井绳的麻绳在石头上前后把结打好，几个人就呼喊着抬起来，向家门口的树荫下缓步走去。

石匠的活计，靠体力和技术吃饭。臣服在石匠手下的石头，汗滴子一滴滴地溅在上面，石头上顿时有了坑洼不平的小窝。汗水滴湿了的石头在石匠手里顿时变得柔软起来，柔软成了厨窑里女人案板上发酵了的面，石匠一钎钎地敲凿着，叮叮当当的声响起伏不断，时而快，时而慢，时而轻，时而重，从日头升起到夕阳落幕，从春发生到夏伏末，石匠就一家家地凿着。一件农家的家当凿好了，摆放在那里，众人围观上来，无不叫好。叹说器物做工之精细，选材之恰到好处。众人七嘴八舌地说着的时候，石匠不说话，掏出自己的旱烟袋，拿起一条纸哧噜哧噜地卷起旱烟来。烟卷好了，用嘴唇抿了下，纸就粘连了。便点了火柴，吧嗒吧嗒地过足了烟瘾。石匠在没有人的时候，就端详起自己的作品来，反反正正地看，有时候半闭着眼看器物的线条，有时候拿着刻刀在器物的花蕊上稍作点拨。一个器物费了石匠九牛二虎之力，石匠却不放心起来。他爱自己手下的作品，当自己的作品用在牛圈里、猪圈里，为牛盛着干草、为猪拌着汤食时，石匠才觉着心里踏实了，然后慢慢离去，开始自己的下一个作品。

到了吃饭时间，等盘子端上来，石匠闷头不语，干面汤面一碗碗地大快朵颐。石匠还有一个爱好，就是吃辣椒，无论是油泼辣子还是青辣椒，石匠都搅在面里，整碗饭的味道便成了自己心中的山珍海味。"关中八大怪"的其中一怪是：辣子就是一道菜。盘子里如果没有了辣椒，石匠就嘟嘟囔囔不开筷。面是女人最擅长的裤带面，宽，长，嚼到嘴里有味且筋道。吃完了面，石匠得喝一碗面汤，面汤就倒在吃完了面的大碗里。面汤还冒着热气，石匠就吸溜吸溜地喝，等面汤晾凉了，面汤碗也就底朝了天。石匠每天出了大力气，自己的营生就是和石头碰硬，饭量自然就大了一些。食量大，同在饭桌前的其他人就吃慢了些，往往是石匠第三碗刚落了筷，其他人的第二碗才空了底。

石匠是个命苦人，人刚到中年老婆离世，留下两个半大不小的孩子，当了爹，靠手艺谋生吃饭；做了娘，确实慌了手脚。石匠能雕花的双手，做不了针线活。往往是自己孩子衣服的纽扣掉了，都难为半天。即使上了手，一个纽扣六个扣洞旦，线就来来回回地绕着穿，等最后弄了一天，六个扣洞还有两个空闲，线不均匀，扣子就不平整了，衣服即使扣上了也看着别别扭扭。自从石匠来村后，两个娃儿确实变了样，本来腼腆内向的孩子，话也多了起来，喜欢和小伙伴们玩耍。娃就成了村里女人们的娃，村里的女人就成了两个娃的妈。两个娃的衣服脏了破了扣子掉了，女人们就一边怜惜着一边给缝得结结实实。娃没了妈，却不能叫娃短精神。娃有了精气神，做爸的石匠干活就更有力气了，有出不完的力。后来石匠的孩子在村里的小学上了学，每天和其他孩子一样，背着书包上学放学。这是石匠没想过的事。娃能上学是好事啊，识些字娃以后的路就更宽些，人不是常说不识字的人就像闭着眼睛在世上走路的人么。

现在，石匠还住在村里，成了村里的一户人。人们路过湾子的时候，看到了石匠住的那半边破窑，原来窑洞的主人是谁，已经没有人能记得清了，往往都会说那是石匠家。其实石匠是孤独的，他东家出来西家进去的抢手时代已经过去，他不再有多少活。每个白天，他唯一的事情就是坐在向阳的麦草垛跟前，跟一群老年人谈天说地，说自己当年手艺最红火时，邻村那谁谁家的巧媳妇，在给他端上来煎汤面时，还摸了摸他的手。他胆小，手像触了电一般缩了回来，麻酥酥的，差点把饭碗掉在饭桌前。那家人小媳妇的手滑得像河边的稀泥，身子软得像棉花蛋子，刚生过孩子的两个大奶子垂在胸前，在薄薄的衣衫里如欢快的兔子般呼哧呼哧地跳跃。还有，他刚死了老婆那年冬天，村里又下了一场雪，远处的山沟，近处的路上，都成了一个雪的世界。晚上，雪停了后，北风掀着已经变成了颗粒的雪，把用白纸糊了的窗户敲得哪哪响。女儿发烧了，烧得一直在说胡话，不断地叫妈妈。石匠再也睡不着，索性起身，穿了一件羊皮棉袄，踩着咯吱咯吱的路面，小心地往村医家走。村医家没有院墙，有人去，屋里屋外的人就隔着一层砖和一扇窗户。他远远听见屋子里有人嘤嘤地哭，等走到窗户台边侧耳一听，原来是村医正在和老婆行夫妻之事。他说村医的老婆整整哭了个把小时，把他听得全身都一股暖燥。正在卷纸烟的没结婚的老光棍靠上来，来了兴趣，要他讲一些对外人不能说的细节。石匠就是这样，每天和村里剩下的那几个人挤在一起，打发着每天闲淡的时光。

石匠叫什么，这么多年，我是不知道的。在我心中，他的名字就叫石匠，见了村里大大小小的人，都乐呵呵的，合不拢嘴，两颗豁豁牙就露在外边，那两颗牙很早就被石头崩掉了。他就是个手艺人，村里许多人家的猪槽、牛槽、大门墩，甚至还有村头老爷庙门口的石台台，都是他的作品。

秀秀

夜深下来，牛也吃完了最后一槽苜蓿，它陶醉在苜蓿淡淡的甜味里，不断反刍。狗剩往往在半夜里，从城里的食堂，把菜蔬和家里能用的物什用自行车驮回来。他不敲门，先从崖背上扔一块土疙瘩下去，再捏着鼻子细声地喊媳妇的名字。狗剩媳妇叫金铃铃，她常常还没睡，等着给自己的男人开门。木门吱吱地开了，狗剩的身子和自行车从开不大的门缝里挤了进去。他不断地用手里的毛巾擦头上的热汗，他以为村庄的半夜人都睡了过去。再说，农村人干了一天的活，即使睡着了唤几声，其实也是在熟睡中所说的梦话。夜里常常有猫头鹰的声音，夜晚里这个安静的世界属于它。其实狗剩不知道，在那些夜晚回到村庄的夜里，有一双眼睛看着他已经好几回。那双眼睛就在村里的杨树背后，听说有声音出现，就把自己的身子和大杨树贴到了一起，把他带的东西看得一清二楚。他回来一次，村里的人最后都知道了，知道他不顾一切地把属于城里食堂的东西，给自己家里有多没少地拿。

秀秀不是故意看到狗剩的，其实在第一次，她是被狗剩着实吓得心里发怵了一次，村庄的夜里，对面的十二洼像大佛一样，静静地屹立在河对岸，守护着村庄。唯有河水哗哗的声音，唱着歌，一直匆匆忙忙地向汇入泾河的地方赶路。秀秀常常白天睡足了觉，晚上挨家挨户地在别人家的门口转。谁家大门没关好，谁家把农具落在了门口，谁家门口的干柴垛有多大，她都知道得清清楚楚，她是常常在村庄夜晚行走的人。有次昌民家一把大铁锨在门口放着，她先摸了摸昌民家的大门闩子，昌民在屋里睡着了，呼噜打个不停。秀秀知道昌民睡熟了，放心地把铁锨拿起来掂了掂。这把明晃晃的铁锨在月光下闪闪发亮，甚至有些刺眼。这是把好锨，如果冬天里给地里送肥，给架子车上装肥再好不过。秀子就扛了去，踏着月光轻声轻步地回了家。

有次秀秀去了别人家的果园，在地边的荒草堆里坐了很久，果园的主人没在地里，只有松鼠在果树上咔嚓咔嚓地饱餐。秀秀不想让主人第二天发现自己的足迹，踏着架子车压下的车辙，在这个果树上摘几个，在那个果树上摘几个，苹果长得稠，这样摘主人不会发现丢了果子。就在秀秀地东头摘得带劲的时候，果园西边也有了声音，秀秀屏住呼吸，停下手，那边也没了响动。秀秀以为是主人，撒腿就跑。西边的人也跑了，和秀秀不同的方向。秀秀从脚步声里，听出了这是个男人。第二天，秀秀装作在果园西边给牛割草，还专门察看了昨晚跑掉的人的脚印，是男人的，至少有43码大。脚印在松软的地里，踏下了深深的痕迹。秀秀仔细端详着这脚印，看看是谁家女人的针脚。秀秀在村里活了五十多年了，她能知道女人针线活的风格，谁家女人纳的鞋底针脚稀，谁家女人纳的鞋底针脚密。她成了果园的主人，她成了镇上派出所的警察，就像是别人偷了她家的果子，她要找到偷果子的那个人。

秀秀看出来，那是可怀家老婆的针线活。只有可怀家老婆的活计差，针脚大而细，做成的布鞋也不是毛边底子。可怀白天不出门，晚上背上个蛇皮袋子，在村里的玉米地旦、苹果园里、别人家的小菜地里，转上几圈，家里的吃食就有了。往往是别人还舍不得吃嫩玉米棒子的时候，他家门口已经倒满了玉米芯芯。他家五个娃，个个都到了吃东西长身体的年龄。往往是别人还吃着松鼠咬过的苹果时，他家的娃儿已经拿着70环以上的六果子在啃。有人问，猫猫狗狗你们的苹果哪里来的啊，狗狗猫猫们就说从我舅家背的。狗狗猫猫是可怀家的儿子，孩子多了，小名起不过来，就用狗狗猫猫来代替着叫。叫的人多了，孩子们自然就知道自己的名字叫狗狗或者猫猫。村里有果园的人，都成了狗狗猫猫的舅家，狗狗猫猫吃起来当然就理直气壮了不少。孩子们还小，吃东西也不回避人，大人教好了说是从舅家背来的。可是就那么大点儿的村庄，谁家亲戚在哪里，长得什么样子，家里都有什么人，大家都知道得清清楚楚。何况狗狗猫猫的舅家就在村里对面的当家沟村，两个村子之间就隔着一条红岩河。

前些天，我回到了村庄。初冬的史家河满山凋敝，草木枯败，为数不多的几个老人已经穿上了棉袄，抱着玉米秆准备烧炕，土炕陪伴了人一辈子，玉米秆填进去，柴火产生的烟和热气通过炕间墙时烘热上面的泥坯产生热量，使炕暖和起来，温暖着人们的身体。三叔出去打工了，家里只剩下江龙一个人，没有看住门。半夜里，被人一捆捆地背走了干柴垛。有人半夜要进院子来，狗就一直汪汪地叫。有半夜游走的人给狗扔了含有老鼠药的蒸馍，狗不知道这是送命的最后吃食，没过一会儿就口吐白沫地死了。没有了狗，村庄的夜晚就变得冷静，半夜走在村庄的人就慢慢悠悠地拿走不属于自己但是想拿走的一切东西。村庄就这样空了，空得让我不知所措。

乡土里的矮墙

　　一把锁，又一把锁，把史家河慢慢掏空以后，村庄里就剩下了站在风雨中慢慢矮下去的土墙。它们高高低低、歪歪斜斜，遮过风，挡过雨，还有隔离了在村中闲游的禽畜。矮墙成了沿着院子四周的一个难以估测的屏障，曾经是多么的威武。

　　墙是哪年筑起来的？年轻人无从知道，他们只知道自己小时候在墙上疯玩过，曾经在墙上肆无忌惮而被父母一顿教训，然后顺墙而逃，在村庄里游荡着过家门而不敢入。往往大人们在农闲时，开始筑墙的时候，我们小孩儿在一旁跑得欢实，口里哼起了在村庄长久不衰的歌谣："打土墙，打土墙，两块木板夹边上，墙上一人操木夯。墙两旁，两把铁锹把土上，撂上墙，砸实夯，一段打好换地方。"就这样，围挡起来的院墙就成了，土墙没有砖墙结实，但是它比砖墙更加敦厚。有打鸣的公鸡站在土墙上，竖起了鸡冠，昂起了脖颈，任凭主人怎样呵斥，都站在那里，唱起了山村的歌谣；有困盹了的猫，眯缝着双眼，开始一天不停息的美梦。

墙起来了，家才像个家，院落才像个院落，整个村庄才有了里外。这些年，人们慢慢地都离开了村庄，对自己生活了几十年的地方感到无助和哀伤。回头望去，会发现村庄才是最美的，矮墙也是最结实的，不论风吹雨打、春夏秋冬都站在那里，守护着这个庭院里的每一袋粮食、每一把农具，守护着在院落里安了家的麻雀。当主人给大门上挂锁的时候，主人和铁锁一样，心里都有说不出的难受。金窝银窝都不如自己的狗窝。但是不离开这里，仅仅依靠那几亩旱田又不能过活。在风调雨顺的时候还能多打上三五担，多卖上千把元，这是一年全部的收成，这是一年所有的经济来源。如果遇上了干冬夏旱，先是庄稼籽种迟迟埋不到地里，即使籽种埋进地里，却长不出芽来。有一年，已经长大了的黄豆苗却因天旱结不了荚，人们都急得在地里团团转，快种麦子了，地却腾不出来。人们只好握着镰刀，一苗一苗地把豆子都割掉，喂了牲口。等了半年庄稼的人们，用这样的收割方式完成了自己的劳动时，是多么无助和心痛啊。

人都走了，进了城。男人们都在工地和水泥、搬沙子，站在高高的脚手架上，把命攥在手里。女人们也走了，少数人在工地里干点杂活，大部分人却在私人小餐馆里洗碗，每天挣上三五十元，这也是一种营生啊，虽然不能长久地干下去，虽然每个人最终的归宿还是返乡。人都走了，庄稼地里再也没有了庄稼，庭院里不再有鸡鸣犬吠，这个小小的村庄里，没有了一丝力量的气息。乡土里的墙，矮了下来，再矮了下来，矮得甚至就要落入尘埃。

　　一年四季我没有回来过几次，但是站在村庄里，站在矮墙边上，墙是那么得低，而疯长起来的柴草却半人多高。村庄的营养都供给了那些没有名儿却春夏秋冬都陪伴着乡村的野草。它们一岁一枯荣，来年春又生。我为我迈不开步子而伤心，我甚至无法想象我孩提时代无忧无虑地整天穿梭于矮墙边，沐浴着乡村那股青草味儿的那种美好。矮墙边上，每到春天，母亲总是点些瓜种些豆，我每天偷偷地把水瓮里的清水，一瓢瓢地舀出去，让这些苗儿们痛痛快快喝个够。到了麦收时节的夜晚，夏风习习，星光熠熠，红岩河畔，蛙声齐鸣，我坐在矮墙边，看着萤火虫一群群地给那些瓜豆苗照亮长大的路，我甚至听见了它们嫩脆的骨节攀爬着生长的声音。我就是这样，在孩提时代一直徜徉在村庄河畔那一畦菜地边，一缕青烟里。荏苒的岁月，拉长了我与村庄、与土墙的距离，只有靠近它们，我才觉得我内心充盈了起来，不再空空如也。

　　土墙根儿，冬天里正好向着太阳升起的地方，是晒暖暖的好去处。老人们有的坐在木头桩上，有的干脆抓一把秸秆或枯草垫在地上。在老人们眼里，土墙是如此温暖而亲切，或倚或靠，顺着墙根儿一字排开，心里踏实得很。他们也常常提起死亡，人老了，就把生死看得淡了。他们常常说自己是"土快埋到脖子上"的人，就是已经到了七八十岁的年纪。有老头儿和另外一个老头儿开玩笑，说古人常说，七十三、八十四，阎王不叫自己云嘛。说完了大家都哈哈大笑，释然开来。生活在村庄里的人，蹲在土墙下晒太阳的，都是土人儿。因为"土人儿，土人儿，从土里叉就要到土里去嘛"。土墙默默地听着这些年老的人没深没浅地闲扯，它是最忠实而无言的听众。

这么多年，矮墙一直就那样默默地站在乡土里，却是那片大地上最静美的镶嵌，看似平淡无奇，却让人内心宁静。它们一排排，一堵堵地在守望着什么？这个乡村的符号，是那么柔软，柔软得让人记在心底，还担心打破那饱含的美丽。乡土里的矮墙啊，你比远方这座城市的楼宇还要伟岸，你比这无情的钢筋水泥墙却要温柔几分。

赶了一个集

《说文解字》记载："民俗以夜市有鬻囗。"商末，周族部落的先民即在夜市交换商品。明清有集场11个，清末增至12个，民国时期为13个。新中国成立后，乡镇集市有增有减。而今，彬县13个镇均有集市。每月逢"一四七""三六九"日，集市便人声鼎沸起来。

集市在十五里外的镇上，叫北极。镇上有布匹市、牛市、粮市、菜市，更有一排排的代销站，货架子上的货物千百种，整齐地排着。在街道上，每逢集日，还有一摊摊卖油炸麻花的、卖蒸红薯的、卖铁活的。靠做生意吃饭的人早早地在代销站门口堆满了货，他们实在是等不及这每月逢三六九日的集市；村里的人有家畜或者粮食要赶集，就早早地起来，天气好的时候就趁着天凉出发，一路不紧不慢地赶。等快到集市的大寨路时，能看到从四面八方赶来的人，大多骑自行车，走在大寨路的一边。其中有个男人骑着自行车带着妻子，妻子手里提着多半筐子鸡蛋，就靠这些鸡蛋赶集哩。骑自行车的男人小心翼翼，双手紧握车把。坐在后座上的女人更是紧张得出了一把汗，一手扶着车后座，一手死死地抓着竹筐子，竹筐子放在腿上。竹筐里的鸡蛋，一层层的摆得很是整齐，用细麦草垫得软软活活，就怕这些易碎品磕磕碰碰了，卖不上好价钱。有些人背着袋子，在路上的另一边三五成群地走着。他们也是赶集的人，他们不会骑自行车，去哪里都靠自己的双腿，走着去，走着回，去去回回，肩上背着的东西不能少。

镇上有家铁匠铺，专门锻造犁铧、锄头、镰刃，还有菜刀、炭锨等农人们用得上的用具。每到冬天，是铁匠铺子最忙最热闹的时候。甩开膀子抢着大锤的学徒挥汗如雨，大火炉上噗噗喷着火苗的蓝焰如炬，风箱平缓均称的节奏，大铁墩上峆当有力的声响和气度，水槽内"刺啦"有声冒起的白烟如雾，都成了这个镇子上最美丽的风景。铁匠们是赶着季节做活的人，初春万物复苏，犁铧、锄头成了主打产品。沉睡了一个冬天的土地，需要犁铧这样硬而锋利的尖家伙，一垄垄地把新土从地下翻上来。村庄的山地里酸枣树根蔓延着长，交织在一起，犁地的人一不小心，犁铧就被折断了。还有锄头，二月里来，麦苗儿长势汹涌，麦地的杂草也不甘示弱地疯长，和麦苗儿一起抢着营养。男男女女就握着锄头，顺着麦垄一行行地松土、除草，地里的草没了，锄头却被磨得发亮。过了五月，铁匠们的镰刀就已经打好了，一排排地摆在地摊上，十元二十元不等地叫卖着。有农人蹲在那里，手里拿着两把镰刃在一遍遍地试，伸着手指头在刀刃上斜滑，每把都爱不释手。十元的钢水软，几亩麦子割下来，可能就变得钝一些，也不好在青石上把新刃再磨出来，磨刀误了割麦功。二十元的钢水硬，省去了更多磨刀的时间，下镰也就更快些。有人省了钱，买了钢水软的刃回来，早上去麦地的时候，便背上磨刀石，提上一小瓶水，割了半晌麦子后，便蹲在地里，哧噜哧噜地磨开了刀。等磨好了刃，再开始挥起镰刀时，邻地里的人已经割出了好远。

百货大楼是镇上的供销社所在地。这里是镇上的商品流通中心，也是镇上唯一一座四层楼高的标志性建筑。每逢三六九日，这里总是人群稠密商品琳琅满目，让人总是流连忘返。我小时候一个人在镇上的中心学校读书，每逢三天母亲会给我捎口粮来，约定的地点就是百货大楼的台阶上。每到中午，我就从学校急匆匆地向百货大楼走，双眼紧盯着人群里每个路过的人。在百货大楼里，有时会有时髦的女人走过，这在镇上也算是凤毛麟角，她们不是在柜台上买了盒胭脂粉，就是买了圆形铁盒装的"百雀羚"，这对当时的我来说是多么奢侈的生活呀。还有一种价钱仅为2分钱一管俗称"棒棒油"的，因含油脂高，所以抹到脸上感觉很舒服，但禁不住日晒，一晒皮肤黝黑，即便这样，也是男人的最爱。因为小镇上冬天的风呜呜作响，我们的脸不抹上些油，就会皲裂得像是老汉的脚后跟。

集市上，还有人给亲戚来捎话。捎话的人在街上来来回回地走，找着自己的亲戚或乡邻。在史家河，一户人家的亲戚全村人都认识。邻村与邻村的人结亲，邻乡给邻乡的人做媒，形成了村庄庞大的人物关系网。例如，史家河嫁到路村的女孩就有六七个，路村的女孩嫁到史家河的更多，回娘家都会相互联系着一起走，结伴儿就图个热闹。有人赶集回来，路过村口狗娃家门口，就远远地喊道："狗娃，回去给你大说，南塬你姨家正月初八给娃娶媳妇哩，叫你妈提前来蒸馍呢。"狗娃就顾不上玩，一个蹦子跑了回去，给他妈说："妈，村东头我建国叔刚从集上回来说，南塬我表哥娶媳妇哩，我姨捎话让你去哩。"话从集上捎来，女人便洗了衣服，安顿好家里，与男人商量好行情礼，就去姊妹家帮忙了。

庄稼是村庄最好的事物

庄稼涌满了村庄。史家河的沟沟洼洼、滩滩岸岸，都是庄稼的世界。生长了几季的庄稼，是世间最好的事物。丰丰茂茂的麦子、玉米、高粱，争先恐后地长着。麦子已到了戌熟的季节，麦穗儿沉甸甸地在风中一浪浪地翻滚，等待着锋利的镰刀下地。一株株麦秆儿簇拥在一起，向村庄微笑，给农人们招手，它们是这个季节给村庄最丰厚的礼物。

麦收时节，被农人们称作虎口夺食，有风吹过，黑云腾涌，庄稼人心里就难受了起来。布谷鸟"算黄算割——算黄算割"地叫着，雨下多了麦子就收不回来，村庄的人就在雨天里一次次地磨镰刃，镰刃在青石上翻来覆去地磨着，刃锋利了，就不误割麦功。麦子收得早了，粮食还没有熟透，颗粒就干瘪瘪的，进了磨坊麦麸多，细面少，吃起来也不筋道。山上山地里日光好，成熟得早，庄稼人就先从山上的沟沟洼洼开镰。镰刀割下去，捆成垛，然后从架子车不能上去的羊肠小道上背下来，小心翼翼地装在车子上拉回来。拉车子的人生怕好不容易长成的麦粒掉坐了地上，拉着车子在路上小心翼翼地走，绕过水渠，绕过坑坑洼洼的路，就怕已经收割了的麦粒，还没回到场院中就炸裂开来，咕噜噜滑落到路上。麦收季节，人在哪里，布谷鸟就飞到哪里，一直地叫着。有小孩拿着土坷垃向鸟儿叫的地方扔去，大人急忙喊住孩子。大人们说，你手痒哩，这鸟儿是有前生今世呢！然后就开始讲上辈人流传下来的故事。说很久很久以前有个懒惰人，麦黄之际，别人都在收割，他说麦子还没有黄透，等彻底黄了再说，照样睡觉。麦黄时节，一时一个样，上午还没黄的麦子下午说黄就黄，他要等第二天去收，谁知当晚一场大风，麦子全撒落到地里，懒汉抱头痛哭，昏厥于地，口吐白沫而亡，死后便化作一只小鸟，口中一直"算黄算割"地叫着，从麦黄到收割，飞个不停，直叫到口血直流。

麦子熟了，一眼望去，金灿灿地盖满村庄。去地里割麦的人是最有眼色的，阳坡麦子黄了，就一镰镰地割完。遇上阴坡有一片儿还没熟透，就留了下来，一片地里，阴坡阳坡的麦地就像娃娃剃过的葫芦娃头，成了一片片有规则的图。阳坡的麦子，在冬天里雪落得薄，夏天里太阳晒得时间长，麦子就成熟得早一些。阴坡里的麦地，冬天里的北风呼呼地吹着，一团团雪都落在了低洼处。雪在冬天里给阴坡的麦子盖上了一层白被子，六九、七九时节，绿芽儿露头了还被埋得厚而密实。阴坡地里的麦子，便长得慢些，也长得杆粗，穗儿肥，在收割的时候就自然多绿了几天，庄稼人只能等待着第二天第三天了再来。

庄稼是村庄最好的事物。村庄因为庄稼，才有了生机，没有庄稼的冬天，村庄就空了不少，天寒地冻，人们就思量着给这块熟地上肥，给那块麦苗儿长势不旺的地在春天时撒上几袋化肥。庄稼装扮着村庄，充盈了村庄，喂饱着村庄，村庄才活得滋润起来。也正是因为村庄里一片片黑黝黝的土地，庄稼才能长起来，骨节一截截地拔开、长成。庄稼人在村庄里，一辈子就守着那些庄稼，伺候着它们，在埋下籽种前，把土地一犁犁地耙平，把土坷垃一块块地敲碎，就怕还没有气力的麦芽儿，从地皮上露出头时，受到阻挡和欺压。人一茬茬地把地种熟了，把庄稼一镰镰地收割了，心里就踏实了许多，晚上才能睡个好觉。村庄有懒惰的人，地没有好好犁透，地里的刺刺草没有拔掉，碱畔上的野枣树还在吸食着地里的肥料，就草草将籽种埋在了地里。有勤快的人看不过去，路过时顺手就帮着连根拔起，扔到地外的荒洼里，让末伏天的阳光暴晒。种庄稼的人对地不上心，人就把地亏了，地也就反过来报应懒惰的人。同是一片川地，有人种成的麦子半人高，半晌割不倒，几车子拉不完，收成当然不会差。有人就草草地割了几捆子，不够一头黄牛吃上几口。当有男人不好好地伺候庄稼的时候，自己的女人就发了脾气，说你不好好种麦子明年喝西北风去呀。你看谁谁家，把地亏了见人都抬不起头，脸红得像猴屁股一样。

庄稼人之所以叫庄稼人，和村庄是有感情的。庄稼人没有了地，地里长不出好庄稼，就愧对了庄稼人的称呼。有人一年都不在地里走上几回，都不知道庄稼地里缺啥，都不知道地被野草长荒了，咋能知道地里今年能收成多少哩？村庄里有人一年到头都在地里塌下身子扎着，有野草了拔掉，地干了浇水，等到麦子快熟了能收多少粮食都装在心里，晚上睡觉就踏实，一觉到天亮。有人到地里去，看到长高的麦子身下有了土坷垃，有了和麦子抢着吸收养分的杂草，庄稼人就慢慢地趴下，顺着犁沟伸进手去，一下下地把土坷垃捏碎，一下下地把杂草连根拔起。有黄鼠在麦地里做了窝，庄稼人就提着水桶，一桶桶地提水，灌进几米深的窝，让做了安乐窝的黄鼠无家可安。黄鼠跑了出去，不会再糟蹋还没长成的庄稼，庄稼人就把黄鼠窝用土填起来，用脚踩瓷实，才放心地离去。

庄稼是村庄最美好的事物，只要庄稼一个劲地长着，把村庄包围，把村庄充盈，庄稼就成了村庄最漂亮的霓裳。庄稼人走在村里，身板儿就硬朗了一些，村庄的光阴就永远静谧舒适了下来，庄稼的情绪就会如同谷穗般饱满。这无法言说的美好沁人心脾，令人陶醉。

喊一声大地　我热泪盈眶

在城市的夜晚，我常常在深夜喊起故乡，喊起史家河，想起村庄的大地和乡亲，我的心就脆弱起来，突然变得很无助，热泪盈眶，这种难舍的情感倾泻而下。我是史家河村田野上的一株白草，我把根须扎在了那里，我在那里吮吸了二十年的液汁，是史家河养育了我，成就了我，给了我发芽长叶的土壤，给了我沐浴阳光雨露的恩泽。

每回一次，我的心里就难过一次。史家河在山沟里，离城较远，在没有修通高安公路之前，只有一条两脚宽的小路，忽高忽低，坑坑洼洼地顺着红岩河一直蜿蜒到泾河边。长成的小伙子娶不到媳妇，出落大方的姑娘都嫁到了塬上。姑娘找对象的首要条件是人长得要脱条，家里粮食要多，还得有三间大房。有个在外打工的小伙，据说带了个媳妇回来，小伙子骑着自行车，女孩在后面坐着，自行车除了铃铛不响，其他部件都咯吱响个不停。姑娘坐在后座上，自行车在顺山而下的沟边跑得欢实，刚下坡的那十几里山坡陡路已将姑娘的脸色吓青，高跟鞋早已扭得掉了跟，后来就不再谈了。打工的人过了正月就一群群地出发，坐着长途汽车走西安，下广州，去东莞。唯一在过年时节，是他们能见上父母，能回到属于自己"狗窝"的时候。小伙子们西装革履，西服袖口的标签都舍不得剪掉，头发被发胶抹得光亮。有人说，你看彬成这娃有出息，头光得虱子上去能把胯子掰。众人大笑，小伙子确实是只为图了洋气忘了凉气，这天寒地冻的季节身上的衣服没有一把棉花哩，难怪脸上无一丝红润，在人群里久待后只听见牙齿咯咯响。后来，打工的人也渐渐不再候鸟般在春节前带着大包小包向家里跑，村庄也就慢慢地安静了下来。人是村庄的血液，没有了人带来的活力，村庄便安静得让人心里有些发怵，老弱病残都不再出门，窝在自家的热炕上取暖，下炕吃了上炕睡。

　　冬天也往往是老人跨不过的门槛。东家八十多岁的老人睡着了，再也没有醒来。老人一般都起得早，拿起扫帚从上院扫到下院，一下下地扫着院子里的细土。他们一辈子就生活在土坑里，永远和土打交道。住的是土窑土炕土台，走的是土路，皮肤流血了也是用面面土止住。没有土，他们就活得不舒坦，村庄就是他们一生的土天堂。就是那天，孩子们等不到老人起来，日上三竿，总觉得心里不安稳，便开门进屋，只见老人安静地躺在炕上，永远地睡着了。老人自己穿戴好了寿衣，儿孙们急得哭喊，但已无一点声息。人常说，73、84，阎王不叫自己去。八十多岁的人，四世同堂，去世已经是喜丧，要给重孙的胸前带上红布布哩。老人的棺材墓地已提前做好，墓地青砖拱门，砖铺地面，很是干净整齐。彩绘夺目，寿联一对，是对老人一生的写照。棺材是松木大棺，是由名声享誉南北二塬的巧匠，经过四十多天才打磨而成。村子里来了电影放映队，在两棵大杨树之间挂上银幕，一个个片子连续放映。大人小孩都蹲在路边，看得津津有味。半夜时分，有村妇找不见自己男人，便扯起嗓子大喊："录子，你回还是不回，你不回我就回去关门了。"男人听见女人喊，从人群中跑出去时还不眨眼地看着电影，一个劲地喊着"回、回、回"，众人坏笑，说你屋里人喊你回去暖炕哩。老人下葬那天，村里家家户户的男人都起了个大早，手拿铁锨，这季节天寒地冻，老人墓坑外的土冻在了一起，男人们便一点点地将冻土挖碎。这样老人下葬时，填坟茔时就不会花太多时间了。老人的儿孙吊着孝帽，长子怀抱遗像，一步一磕头，在灵幡的带领下向墓地走来，唢呐声声，哀乐阵阵，哭声连片。在封闭墓门之前，儿孙再给棺木旁摆上一些粮食和其他吃食。坟堆渐渐隆起，儿女们在悲痛之时，不忘给老人再培上一锨二。孝子们的哭棍都插在坟头，烧纸钱，洒美酒。看的人唏嘘不已，都说这家老人走得安静，生前儿女们孝顺，老去了还在尽心。有句话说"子欲养而亲不待"，人就是这样一辈辈地走着自己的路，但谁家儿女们孝顺了，总会一直传为佳话。

在这片土地上，有人进入黄土，有人出外不回。村里的人逐渐少了起来，剩下为数不多的人，每天早上起来，去沟里挑水，做饭，吃着自己粮食囤里的粮食，又在吃饱后下地耕作，再为下一年的收成充满希冀。就这样，故乡把人变老了，田地把人变老了，老得哪里都去不了，又在风水好的地方给自己挖上一个墓洞，用家门口上好的大树做副棺材，年轻的送着年老的人，就这样一辈辈地你牵挂我、我惦记你地迎送着人生。每当我走在故乡的田间和小道上，我觉得自己突然矮小起来，站在一株玉米的身边，看着玉米棒子在不断长大，玉米缨子像红缨枪上面的彩丝，一撮撮地开放。裸露在地面的玉米根就像个大耙子，深深地抓车田地里，青筋凸起，吮吸着大地的乳汁，为玉米棒子一天天地长大输送着养分。我不忍心去触碰它们，我担心惊扰了它们的生活，可能它们正在安静地沐浴着晨露，可能它们正在沉思故乡，我突然不礼貌地打扰，会让这些玉米惊觉起来。它们可能不认识我，因为它们发芽长个子的时候，我还没有回来，我还没有来到它们的身边。但是我认识它们的前辈，无论是覆膜、点种，还是薅苗、灌肥，我都是种玉米的一把好手。我那时一天时间都耗在地里，只有在地里，我的心才能踏实起来，才能知道我有多少收成。

在玉米棒子长成的时候，我就在地边上搭个窝棚，睡在地边，我得看着这些玉米，有许多人和牲畜对它们虎视眈眈。村里最穷的那个烂鞋家，每年在别人种庄稼的时候，他在家里高枕无忧地睡大觉，秋季收获的时候，他的手脚却比谁都麻利。当我们还舍不得吃玉米棒子的时候，他家门口已经倒满了玉米芯。有人说照看好庄稼，就和照管好自己的女人和孩子一样，因为我们的生活里，除了这些还是这些。只有这些东西，是我们无法改变的；只有这些东西，也是我们能够自己改变的。我们要在田地里种麦子，回茬还是原茬，在我们自己手中；我们要种玉米，是陕甜还是天丞，都在我们自己手里，由我们自己决定哪个品种更适合脚下的土地，哪个品种种下来更能高产。做农民也有很多的学问。家里人想吃红薯，红薯是个好东西，秋天开始吃，能吃到过年后两三月。我就在春天里买红薯苗回来，在地里挖坑、栽培、浇水，看着它一天天地长大，扯蔓，把那片田地捂得严严实实，密不透风。红薯在地下横七竖八地埋着，长了整个夏季。霜降后开始挖红薯。地皮太硬，我用镢头挖开，就再舍不得挖下去了，便用手刨，只能用手刨，才不会伤到红薯。它们在地里长了一季，要被利刃挖伤，也是一件心痛的事情。如果碰破了它们，就有白色的汁液流出来，红薯的皮肤上也有了伤疤。我用手把红薯刨出来，在篓里垫上了蛇皮袋子，轻轻地把红薯放进去，拉回去放在窖的最里面。这样我就一直能吃上红薯了，无论是蒸了吃，还是做红薯稀饭，都是冬天里最好的吃食。有人要做红薯粉条，便拉了一些去，做出的红薯粉条光滑温润，口感筋道。田地没有亏我，雨水也没有亏我。我就在那三分自留地里栽了一季红薯，收成就那么好了。如果我再多种些，是不是都可以上街赶集卖红薯去了，心里还有阵阵成就感。在地里，干活累了，我就坐在锄头上，或直接坐在碱畔，或跪在犁沟里，看着眼前这片土地，村庄安详，田地肥硕，庄稼丰盈，眼眶不觉已是湿润，心里难受起来。

那些有名字的土地

那些有名字的土地，无论是川地还是旱地，在村里的账本上，户主都赫然地写着父亲的名字。这是农村实行农业承包制时分给我们家的。那时人口还不多，村里的川地少之又少，所有的人家都是川地和坡地搭配着分到各家各户。川地在红岩河两岸，土质黑黝黝的，水源丰富，看上去都很肥沃；坡地都在半山腰上，都是绕着山转的台阶状旱地。旱地就是靠天吃饭，雨水少了地干，都是土疙瘩，坚硬无比，以至于我那时候在山上放牛时随便抓了砸核桃吃。土块那么硬，庄稼种下去不是旱死就是长势不好，川地里的麦子能长过半人高，麦穗饱满，坡地里的麦子就像患了侏儒症似的，更别提什么麦穗了，这让靠天吃饭的农人们伤透了心。恨不得自己就是龙王，让麦子天天浸泡在雨水里，喝个够，喝个饱，喝得咕咚咕咚。

那些有名字的土地，村里的账本上都写得清清楚楚。亩数是多少，东西南北的范围标得一点都不差。在川地里，一家的地连着一家，就有了地界的界石，界石就是分界线，两家种地的人再爱地也不能越过半边雷池。如果谁家先耕种，有意或无意地移动了界石的位置，这就是农人们的大事，自己的田地就好像是命根子一样，别人不能有一丁点儿侵犯。有时候相互认个错，把界石定了就是，有时候争吵得不分你我，面红耳赤，甚至动起手来，两个大男人为了自己的地盘，在酥软的川地里打架，两个人相互抱着对方死死不放，在川地里打滚。最后还是没有争吵出个所以然来，便喊着去找村主任评理。这种理是最难评的，站在谁的立场上对方都不满意，只有翻出地籍账本，拿着尺子，去地里丈量。你家一亩三，他家一亩五，丈量好了重新再把界石栽好，栽在最中间，既不偏向也不吃亏，两个人消了气，握手言和，重归于好，又开始了自己田地里的那些活。谁让就这么点好地长庄稼哩。

那些半山腰上的旱地，裙带般在山腰上缠绕着。旱地土质差，水分易失，无法人工灌溉。往往是在天旱的年头，种豆子的在六七月就拔了豆苗喂牲口，因为它已经长不大，提前拔了还能让地好好歇多半月；种油菜的在三四月川地里看上去全部是一片金灿灿的时候，旱地的油菜花仅有为数不多，且高低不一，粗细有别，花朵很是没有精神。那些年，人们舍不得浪费一点二地，年年都在地里种麦子，为的就是能多打粮食，多有余粮。又过了几年，有一种叫作旱麦的品种，虽然收成的粮食颗粒不是很饱满，但在旱地里长势好些，产量也就提高了。旱麦被庄稼人称作二等麦，去粮站交公粮时不用验都没人收购，晒在场院里，总是和其他麦子分开来，一个场院上，两种色样，泾渭分明。这些年，史家河的人一年比一年少了，连学校都因为没有生源而关了门，现在只留下一位年迈的老妇住在那里，每天颤巍巍地照看着那片曾经走出多少人才的校园。

那些有名字的土地，属于史家河，属于父亲，因为他是那些土地名字下的主人。那些土地这几年属于川地的，都让别人种了，一年两季。那些旱地，父亲都撒了苜蓿籽儿，长势喜人，每到春夏之交，满山的旱地里都开满了紫色的小花，引得野兔蹦跳，野鸡藏身，惹得蜜蜂群舞，好不热闹。人走了，不能让地荒下来，地是人的命。它给了我们食粮，它给了我们营生，它让那些劳作的人们早出晚归地忙碌着，在田地里一次次地种植人生。我想，我应该记下那些土地的名字，如果再过一些年头，这些土地无论贫瘠或者肥腴，可能会被将要建起的水库淹没，或者成为护山育林地。川地的名字是十二目、缠门沟、油坊门、滩边，还有园子、河渠岸；旱地的名字有枣树碱、杜梨树帽、凉山、龙眼头、瘟神峁儿。

最后的一只狗

　　往往是在最寂静的夜，狗打破了夜晚村庄最甜的梦。干了一天活的人们，都躺在热炕上睡熟了，大地也进入了沉睡。只有狗醒着，即使你看见它闭着眼睛，躺在月光下一动也不动。其实它一直清醒着，能听见十里八方的声音。每当夜里村东头的狗一声叫，从东到西的狗就全部开始沸腾起来，母亲就在炕上用脚蹬父亲，掌柜的，你出去看看咋咧，狗咋都叫得这么紧哩。父亲就起来披衣，点上旱烟轻推屋门，先是站在院里仔细倾听，然后蹑手蹑脚地打开梢门的门关子，观察着黑漆漆的夜。只要有主人出来，自己家的狗就不再作声，冲在前头第一个出门。

　　狗就是这样，只守着自家的院子，不会给别人家助威。有外村的夜贼来，先得知道目的地的人家是否有狗才敢下手。他们一般不进屋，家里也没个值钱的东西。主要是在外面的地里，偷掰你家的玉米，收他家长成了的黄豆，锯别人家的大杨树。夜贼要偷东西，就先来主人家看看，先是向院里扔土块。有狗的人家，狗就先吱了声，小偷便溜之大吉，另寻目标。如果一连扔了几个土块还无动静，就一口气跑到地里收个干净。有时候贼还吓了贼，一帮子贼从地的西头进入，已听见东头有人也开始动手，地西头的贼被吓跑的脚步惊动了地东头的贼，贼便卷起成果，一溜烟也潜入了黑夜，不见踪影。贼都以为是主人家在地里，其实不知道是碰上了同行。

我家第一只狗，和别人家的唯一区别就是它不咬人，也看不住门，但是狗长得很是凶猛，让人看上去觉得是个厉害的家伙。它经常性见人爱理不理，甚至别人一跺脚它就蜷缩进了窝里。有好几次有人都进了屋门，忙碌的母亲一转身被吓一跳。气得母亲一天没给狗吃食，就是麸皮馍也没给上几口。这狗不像第二只，买回来没几小时就趴在地上汪汪地叫，厉害得后来竟没人再路过我家门前的那条小路。几公里外只要能听到什么声响，它就叫个不停，一会儿趴下，一会儿起来，一会儿蹲下。直至母亲说别叫了，它才摇着尾巴蹲在一边。后来这只狗被邻居投毒致死，这只狗深得人心，却遭遇非命，惹得母亲和多年来往的邻居又吵了一架，最后那只狗就埋在家门口的树坑里。第三只狗买回来，我在外上学，只记得每周回去，我进门它也汪汪个不停，后来被送给亲戚看果园去了，听说自从有了这只狗，亲戚的果园再也没被人糟蹋过。果园里果子收完后，狗就在亲戚的院子里转悠，突然有天就这么不见了，几个人转了几天也没找见。大家都认为是狗闲着无事，被外面乱跑的骚情的公狗勾搭了去，和野狗为伍，在没人打扰的荒郊野地里过起了生儿育女的生活。

有一个周末，我在那个叫十二栓的滩地里挖玉米秆，只听见还没挖倒的玉米叶子一直沙沙作响，声音有些急促。我拿了镢头顺着声音蹑手蹑脚地过去，我以为是狗子，这家伙把离人远的庄稼地里的玉米棒子，都啃食得让人生气。我手中的镢头随时都要出手，丢出去为糟蹋了的庄稼解解气。突然一只狗蹿过来，朝我看看又跑远，蹲在十几米外的地方看着我，一动不动。我骂了句狗日的，我以为是野狗，在这地方安了窝。狗一直不动，蹲在那里摇着尾巴，望着我。再仔细看，这不是送给亲戚看果园的黑子么，它已经瘦得皮包骨头，狗腰细得已经一把能攥住。我叫黑子，向它走去。狗不跑，温顺了起来。那天我把我带到地里的干粮一口气都喂给了狗，看着狗吃得欢实，狼吞虎咽，我突然有一种难言的痛楚，我也无法体会到此时狗的心境。狗不情愿地离开了家，后来又跑了回来。人把狗送走是对狗亏欠了的，可是狗跑了回来，又觉得自己不是那么体面，做了个逃跑的狗，不知道它啥时候已经偷偷进村，却看着家门不能回，躲在了玉米地里，狗觉得自己对人有些亏欠吧。我想带着狗早些回去，狗却不干，我每挖倒一根玉米秆，它就向前挪一步，始终在我脚下。好像只有我把这一地的玉米秆都挖倒，它也就没有了这安身之地，我就能带着它光明正大地回家了。

后来这只狗一直让父母疼爱有加，我们这些孩子都离开了家乡，狗却成了他们的唯一伙伴，每天生活在村庄里，看着一户又一户的人离开，母亲之所以不早些离开村子，我想就是因为这只狗吧。狗慢慢地变老了，吃食一天比一天少，盆子里的狗食总是剩那么多，招来馋嘴的鸡，招来在半崖地酸枣树上站立的麻雀，一群群地俯下来围着狗的吃食盆子一阵饱餐，然后飞去。曾经那么厉害的狗，除了家人，谁也不能靠近它的吃食，可是狗却平静地躺在地上，四脚并拢，有飞来飞去的苍蝇在它耳边转悠，它除了不时地用耳朵扇动驱赶它们，整个大白天躺在院子里似睡非睡。

狗死了，应该是老死的，算算在这个家里已经待了快十年了。狗是苦命的狗，生下来就被养不起的主人抱到集市上，想卖上个好价钱。但这只狗从小就强壮一些。它总是不和其他的小狗窝在一起，而是自己有些霸道地在它们身上。狗到我们家里来，也没享上几天福，虽然母亲是个爱好人，经常变着花样地给它喂食。但是它很少能啃上骨头，每年过年的时候，谁家杀猪宰羊了，谁家门口有倒出来的骨头，我都去给狗拾了回来，狗便也过上了年。它趴在那里，前脚双抱，津津有味地啃着骨头，对它来说这是一件多么幸福的事情。

狗的墓地就是它住了一生的窝，只是父亲用灰基把狗原来进进出出的门扎了起来。直到现在，也只有这只死去的狗，依然还看着我们的家，依然还一天天地陪着村庄。

狗是忠诚的。

曾经的麦客

又到了麦收的季节，那天傍晚去郊外走了走，一垄垄的麦子像成熟的女人一样鼓胀丰满。远离乡村，久违的麦子在夏天的晚风中舞蹈，似在迎接这丰收的季节。在农业机械化的今天，我想起了麦客，想起了曾经是麦客的我的那些父辈们。

麦客者，就是麦收季节为人割麦的短期劳务工。他们外出割麦，又名"赶场"或"撵场"。麦客大多衣着简陋，头戴一顶草帽，腰挂一把镰刀，肩上搭一口袋，口袋里装着一件烂棉袄或一床薄被，这就是麦客们的全部行囊。每年五六月间，麦客们带着这些简易装束，便候鸟般飞越着，汇成了蔚为壮观的麦客大潮。《清诗纪事》嘉庆朝卷《麦客行》的诗里写道："连畦被陇麦欲黄，麦客麦客来河湟。从朝割麦逮曛黑，无田翻比田夫忙。一村复一村，一县复一县。百里千里两脚遍，姓名乡贯谁细辨？但里今来佣值贱，佣值贱，奈何人日受钱百？村蔬甚肥村酒白，持以供客客意适。儿能腰镰妇亦健，自有筋力胡爱惜？"这首古诗正是那时麦客们辗转奔波割麦的真实写照。

父辈们都做过麦客，每年夏收季节当自家麦子尚未成熟时，变三五成群地翻过山山梁梁、沟沟峁峁，而后由东渐次向西为当地农民收割麦子，待到外地麦子割得将尽，家乡麦子也该收获，他们再回家来割自家麦子，就这样度过一个丰收的夏季。还记得父辈们每当要"远征"的时候，总是哥们弟兄几个提前开个会，商议着去哪里。他们每人带镰刀一把，但是要带好几副镰刃，每个镰刃都明晃晃的，很是锋利。最重要还得有一块磨刀石，磨刀石青石质地，是父辈在河边的石砾中经过精选打磨出来的，他们猫起腰来来回回几下镰刃就会由老钝变得锋利无比。父辈们在炎炎的夏日中，当找到割麦的雇主时，就会挥汗如雨地挥舞着镰刀，一天下来每人二亩三亩不在话下。故乡的人们常常会说割麦是"虎口夺食"，因为麦子已经成熟的时候，也正是夏天的雷雨季节，夏天的天是娃娃脸，说不定东山还艳阳高照的时候西边已经是大雨倾盆。无论是雇主还是麦客，都不愿意让已经成熟了的麦子受到大雨的浇淋。所以当麦客们下地开镰的时候，他们会忘了吃饭、喝水，甚至连撒尿也会憋着，即使热得喉咙冒烟也不停下手中的镰刀。到了吃饭的时候，雇主们把做好的饭菜和晾好的茶水拿到地头上，高喊着开饭开饭了，这时大家才感觉到肚子已经饿得厉害，三三两两地跑过来狼吞虎咽地吃起来。饭饱茶足后，顺手用脖子上搭的毛巾擦擦脸庞，又走进了金灿灿的麦田里。

当父辈们想起他们那时的麦客经历时，虽然有难言的痛藏在心头，但是乐呵呵的微笑总是挂在脸庞。他们说在合作社与人民公社时代，雇主和麦客是有身份差别的，当雇主中午送来麦客渴盼却不愿明言的片片面、白面馍馍和温凉的茶水时，少言寡语的麦客常常咧咧嘴露出一口的黄牙，憨厚地一笑。因为那时候白面馍馍可不是一般家庭在平常生活中能够享受到的。父辈们比较节俭，常把没吃完的馍放在太阳下晒干了掰碎放进身旁油黑的大布口袋，等麦收结束后带回去给自己的娃娃补充营养。那时也有的雇主以安全为由，常常会推说房子欠缺，到夜晚了领麦客到看护苹果的小房子、废弃窑洞或麦场去住。麦客往往并不争辩，也不乞求，即使躺倒在麦草堆上也如同躺在家里的热炕头上，很快便能熟睡。每当麦收完毕，父辈们便揣着或饱或瘪的腰包，带着或喜或忧的心情，背起挣钱的家当，浩浩荡荡地打道回家了，又开始抢收自己播种了整整一年的希望。当打听到父辈们要回来的时候，家里或许有年逾古稀的老母以及妻子儿女在焦急地企盼着他们平安顺利地归来，看着他们的眼窝深了，人瘦了，妻子会偷偷地背过去抹眼泪。老母虽不说什么，但是她看在眼里，急在心里，三更半夜就起来做早饭，荷包蛋一大碗一大碗地盛给儿子，看着儿子大口大口地吃下，心里才欣慰一些。

说起麦客，不得不说三叔，不得不说起三叔的老婆。三叔是个割麦的好把式，他一镰下去半人多高的麦子只听见嚓嚓作响，然后就很整齐地倒下。三叔还有个特点，就是好晚上割麦，每当别人睡觉时他还会在地里辛苦着。每年当父辈们"赶场"回来，还是要数三叔挣的钱多。有人说他钱挣得再多也是个光棍，整天还不是一个人吃饱了晒太阳。可是那年父辈们去灵宝"赶场"子，十多天下来回来时，三叔身旁多了个女人，那便是后来的三婶。三婶细腰肥臀，走起路来一对奶子鼓鼓地上下颤动着。当三叔带着女人进村时，以往平静如水的村子里顿时变得骚动起来。有人说秃老三你艳福不浅啊，出去这些天咋诓骗回人家女子哩。还有平辈的小弟们撺着三婶，跃跃欲试地要摸屁股，可是都在大人的责骂下灰溜溜地跑开了。三叔是个好人，当初给三婶家割麦时，看到三婶家就两口人，三婶的父亲还是个瘫子，三叔就二话没说地包割、包捆、包运到家，后来却一分钱没收。三婶喜欢实诚的男人，就连她的瘫子父亲对三叔又是让烟又是让茶的，就这样三婶成了三叔的女人。三婶也是个女中豪杰，干起农活来有板有眼的，惹得村子里许多男人都骂自己的老婆不中用。结婚后的三叔和三婶每年都出去割麦，两个人和大家出去十天半月的，挣些零用钱回来补贴家用。

20世纪末，收割机慢慢地普遍起来，人们也越来越喜欢这种快捷、省事的机器。几亩麦子几十分钟就到了颗粒归仓的地步。父辈们也不再像过去那样，到了夏收季节成群结队地出去割麦了。故乡处在黄土高原，乡亲们在用收割机收割麦子时，那些"倒麦不能割，套种了玉米、辣椒的麦地不能割，窄地摆不开，山地上不去"的地方，还是需要用最传统的方式，他们和过去那样，挥舞着镰刀，一镰镰地收割着夏天的希望。乡亲们那种"挣钱不挣钱，挣个肚儿圆"的日子已经过去，家家户户都过上了好日子，但是用来收获希望的镰刀，父辈们每年还会在农忙时节擦得锃亮，镰刃磨得锋利，像是在怀念他们那些曾经的麦客岁月……

后记

故乡沉沦

　　泰戈尔曾说过："请你走慢点儿，等等你的灵魂。"

　　这十多年，我一直生活在城市的深处，每天在楼宇的森林里，忙于生计。但我心灵的深处，一直有一种无法言说的乡痛。这种痛，不是背井离乡，而是浸润在我血液、心中的痛，它无力，又是那么令人触动。高中毕业前，我一直住在泾河最大的支流，红岩河岸边的狭窄川道里，这是我的出生地，一个群山环绕的村庄——史家河。在中国，就是这样千千万万个的村庄，组成了广袤的中国农村，养育了数以亿计的农民。《诗经》中叫作《国风·豳风·七月》的一首诗写道："九月筑场圃，十月纳禾稼。黍稷重穋，禾麻菽麦。"北宋文学家张舜民也来自《诗经》里的故乡彬县，他曾在诗作《打麦》中写道："大妇腰镰出，小妇具筐逐。上垅先捋青，下垅已成束。"描述了农历四月麦熟时节，田里的庄稼人辛勤收割的劳动场面。我的父母就是这样，他们多半辈子的时光，周而复始，春去夏来，一茬茬地种下麦子，一季季地颗粒归仓，才使下一代人不像他们小时候一样，经常饿得肚子咕咕叫。他们是村庄里最后一代真正的农民。

　　故乡就像母亲，从一个年轻美貌、体态丰腴、辫子黑而长的大姑娘，如今已变得千疮百孔，风烛残年。农村清新的空气实在是别在乡村的一枚徽章。可是就是这枚徽章，现在却成了别在离开乡村的我们身上永远说不完的乡愁。农村空了，一把把大锁锁住的是乡村美好的记忆，但是留下的是孤单的农具，被罩在厚厚的蜘蛛网里，留下的是风化了的拴牛桩，留下的是庭院里已经长荒了的柴草。没有了人，野草就成了这个村庄的主心骨。前几年，打工的男男女女在过年时都会回来，在村里待上几天，再候鸟般飞出去。过年不仅仅是个节日，更是一种久违的团圆。可是这几年，男男女女、老老少少都不断地挤到了城里，用自己种地的力气，讨着自己想要的生活。我在城里已经过了好几个年头，窗外传来刺耳的鞭炮声，经常令我感到烦躁。鞭炮好像应该是留在乡村的东西，那时候过年时，家家户户的鞭炮声，顺着山川的风，一阵阵地蔓延开来，悦耳而动听。鞭炮声里，有对一年时光和故乡大地的感恩，更有对来年的期盼和希冀。可是现在，村庄的春节，冷清得一如红岩河石岩上垂下来的冰柱，没有任何暖心的温度。

　　谁的故乡不沉沦？村庄的衰老和荒芜，传统生活生产方式的慢慢消失，世袭的乡土文明已经开始渐渐断裂。人，都变成了在城市最底层谋求生存的蚂蚁。他们干工地、上流水线、收破烂、当保姆、做保洁，身上唯一的标志就是不变的口音、方言；就是用塑料袋包住装在身上的身份证，地址上清清楚楚地写着×县×镇×村，而不是城市里的×区×巷×幢。他们无法融入城市，无法拥有城市户口，无法过上较为体面的生活。甚至，他们很是清醒地认识到，总有一天，自己老去，没有了换取生活资本的力气，然后何去何从？他们常常会想，但又把这些应该面对的现状抛在脑后，过一天算一天，到了老去的时候，面对疾病和死亡，可能就成了这座城市的弃儿。我经常和一些打工者聊起以后的生活，每当这时，他们的脸上往往挂满忧愁。他们还不敢想那么多、那么远，他们现在能做到的是，用自己使不完的力气，踏踏实实地多干一点活，多挣上一些辛苦钱，就已经心满意足了。

这几年，我常常在夜晚的梦里，踏上无法到达终点的返乡之路，之后又揪心地醒来。梦见已经死去的乡亲，他们和活在那个山村一样，手里握着锄，走在羊肠小道上，飘飘然然，没有半句话，一晌晌地下地干活。或是梦见还活在村庄的人，他们突然不在了，我甚至都在梦里还原了子孙们是怎样来安顿他们在人世最后的魂灵，等等。这样的梦我不敢说，可是我梦得多了，就给父母打电话，他们说，梦见活着的人老去，是给他们添寿呢。我这才放下了心，放下了我对梦见的老人们的愧疚。梦是反的，村庄越空，我越是担心谁又匆匆地离开。甚至每个老人的门户上，没有燃起烧炕做饭的青烟，邻居们都去看看，担心他们没有起来，永久地睡着了，到了另外一个世界。村庄的老人都是空巢，老伴儿要么去世，要么去了城里，给自己的儿女照看孙子。他们已经不能下地，但是他们还是凭着自己仅有的力气，去山上割一捆已经风干了的白草，白草枝粗籽鼓，是漫长的冬天烧热炕的好材料。他们走在树林里，拾起已经干枯了的树干，一捆捆地背回去，码得整整齐齐，等到做饭时，一根根地送进灶膛里，噼里啪啦燃烧。他们口口声声地说，儿女在外忙，他们不愿让他们回来，可这也却是他们的奢望。对他们来说，与亲人见面，就少一次。夏天有时候下暴雨，沟沟渠渠的水都涌出来，形成泥石流，肆意地漫过村庄，他们就扛着铁锹，去祖坟看看，看看祖坟是否受到洪水的侵扰。其实他们更多的是想看看自己已经修好了的坟地，是否有水灌进去。我在村庄的几户人家的炕头或窖的深处，都看到有一口黑漆漆的棺材。坟地和棺材，这是他们走向另一个世界的行囊。

经常会接到来自故乡的电话。这些都是我的亲戚，他们知道我在西安城，有给孩子找工作的，想让我操操心，帮帮忙。他们甚至还问我，是否能记得起他们。我怎么能记不起呢？小时候他们经常摸着我厚厚的手，看着我头上的三个旋，说头顶三个旋，长大了能当知县。可是我呢，是故乡养育了二十多年的叛徒，仅仅是在西安城里忙忙碌碌地过日子。其实我让他们失望了，我在西安城生活，过去是寄居在城中村的租客，常常在冬天的夜里，刮起的北风在夜里吹开了窗户，而今又变成了千万房奴中的一个，婚恋、工作、职场等，这些都是每天要面对的现实枷锁。在理想与现实面前，我也曾经感到过迷茫与焦虑，房贷、吃喝、电话、人情、交通等费用，常使我囊中羞涩、捉襟见肘，有一种不能承受之重。可是每天面对工作的重压，面对生活的高物价，从不敢停下自己忙碌的脚步。曾经有次在夜里，梦见自己孤独地走在西安城，街景是那么熟悉，我甚至能记住所有的门牌，可是已不知何去何从。惊醒之后，全身冷汗，便自我调整，慢慢扫去自己心中的尘埃后写下"此心安处，便是吾乡"，挂于书房，慰藉自己。

我的故乡，在未来几年里，也将会被红岩河水库慢慢淹没，水是无情物，它会慢慢地埋没村庄，慢慢地使一切熟悉的乡村之物，消失在祖宗们都曾经走过的小山头下，消失在蓝锦缎似的水里。写这本书，是有一种无法言说的使命在促使我，引导我，让我去书写故乡，用心去抚摸故乡生命的律动。我常常对故乡发生的一些事情感到忧心忡忡，心情沉重。我觉得我应该有责任记录下来这一切，这也是中国许许多多即将消逝的村庄的缩影，这也是中国诸多偏远农村普遍存在的问题。我知道，我的笔尖是无力的，又是脆弱的，我往往在写作过程中，心情难受得不能自已，这可能是对故乡之爱的深沉涌动，这不仅仅是我地理上的故乡，更是我人生道路上永无止境的精神家园。我只是故乡的经历者、观察者、思考者、记录者。我并不是在揭故乡曾经疼痛的伤疤，而是想记录下来，在城市包围乡村的今天，像我的故乡一样的中国农村，在社会变迁过程中的生命历程。因为，自古以来一直延续到我们这一代的一种生活方式，突然中止了。一直保持其延续性的农村文化，正在消失。

甘地说："就物质生活而言，我的村庄就是世界；就精神生活而言，世界就是我的村庄。"这本书就是一个村庄里的中国，村庄是我灵魂的所在之处，越是离村庄远了，村庄的大手就越紧紧地拉着我，牵着我走，让我魂牵梦绕地不能忘记，让我常常在城市夜的梦里，一个人偷偷地孤独地进入村庄，走在故乡贫瘠而又肥沃的土地上，看着身旁高大的山峦，听着红岩河哗哗的水声。村庄的声音和味道我无法用语言准确表达，但这种灵魂的气息空远而温暖，弥久而醇厚，一直鼓励着我前行，直到永远。

史鹏钊

2015年1月15日于曲江归园居